Roman Schneider

Keine Scheidung ohne Leiche

Geschichten aus der Kanzlei eines Strafverteidigers

AF209160

Roman Schneider

Keine Scheidung ohne Leiche

Geschichten aus der Kanzlei eines Strafverteidigers

Bibliografische Information der Deutschen Nationalbibliothek:
Die Deutsche Nationalbibliothek verzeichnet diese Publikation in der Deutschen Nationalbibliografie; detaillierte bibliografische Daten sind im Internet über http://dnb.dnb.de abrufbar.

Weitere Mitwirkende: Rechtsanwalt N.N.

Verlag: BoD · Books on Demand GmbH, Überseering 33, 22297 Hamburg, bod@bod.de

Druck: Libri Plureos GmbH, Friedensallee 273, 22763 Hamburg

ISBN: 978-3-8192-1204-8

Inhaltsverzeichnis

Vorwort

Ein Freund erzählte mir diese Geschichten. Er ist Strafverteidiger, arbeitet seit dreißig Jahren in diesem Beruf. Wir kennen uns seit dem Gymnasium, haben damals gemeinsam die Schulbank gedrückt, gemeinsam geglaubt, das Recht sei gerecht.

Er glaubt das nicht mehr.

„Schreib du sie auf", sagte er mir. „Ich kann das nicht."

Wir saßen in seinem Büro in Freiburg. Es war spät am Abend, die Akten stapelten sich auf seinem Schreibtisch. Draußen regnete es. „Warum nicht?", fragte ich.

„Weil ich sie kenne. Weil ich sie verteidigt habe. Weil ich ihre Tränen gesehen habe."

Er erzählte mir von seinen Mandanten. Von Menschen, die töten mussten, um zu überleben. Von Ehepartnern, die sich so sehr liebten, dass sie sich umbrachten. Von der Liebe, die zum Hass wird, wenn sie stirbt.

„Das sind keine Kriminalgeschichten", sagte er. „Das sind Liebesgeschichten."

Die schlimmsten, die er kenne.

Ich fragte ihn, ob er diese Geschichten erfunden habe. Er schüttelte den Kopf. „Das Leben erfindet grausamere Geschichten, als ich sie mir ausdenken könnte."

Er hatte recht. Die Realität übertrifft jede Fiktion. Menschen sind zu allem fähig. Unter den richtigen

Umständen. Im falschen Moment. Mit der falschen Liebe.

Oder der richtigen.

„Aber schreiben sollst du sie trotzdem", sagte ich.

„Nein. Du schreibst sie. Du kannst das."

„Warum ich?"

„Weil du Abstand hast. Weil du sie nicht kennst. Weil du urteilen kannst."

Ich kann nicht urteilen. Niemand kann das. Wir können nur erzählen.

Diese dreißig Geschichten stammen aus seiner Praxis. Manche sind genauso passiert, andere sind Variationen eines Themas. Ich habe Namen geändert, Orte verfremdet, Details verändert. Aber der Kern bleibt: Menschen töten aus Liebe.

Das ist die Wahrheit, die mein Freund nicht ertragen kann. Die Wahrheit, die ihn nachts wachhält. Die Wahrheit, die aus einem idealistischen Juristen einen zynischen Menschenkenner gemacht hat.

„Weißt du, was das Schlimmste ist?", fragte er mich, als ich ging.

„Nein."

„Dass ich sie verstehe. Alle. Jeden Einzelnen."

Das ist sein Fluch. Und sein Beruf.

Ich habe diese Geschichten aufgeschrieben, weil sie erzählt werden müssen. Weil sie zeigen, wer wir wirklich sind. Denn sie warnen vor der Liebe, die tötet.

Mein Freund wird sie nie lesen. Er kennt sie auswendig. Sie sind Teil seines Lebens geworden, Teil seiner Erinnerung, Teil seiner Schuld.

Er verteidigt sie, die Mörder aus Liebe. Er kennt ihre Motive, ihre Ängste, ihre Verzweiflung. Er weiß, dass sie keine Monster sind. Er weiß, dass sie Menschen sind.

Menschen wie wir alle.

Das ist das Erschreckende an diesen Geschichten. Nicht, dass sie passiert sind. Sondern dass sie uns allen passieren könnten.

Unter den richtigen Umständen.

Im falschen Moment.

Mit der falschen Liebe.

1. Der Goldfisch

Dr. Müller war Kinderarzt. Seine Hände waren weich, seine Stimme sanft. Vierzig Jahre lang hatte er Kinder behandelt, ihre Tränen getrocknet, ihre Ängste vertrieben. Niemand hätte gedacht, dass diese Hände töten könnten.

Seine Frau verließ ihn an einem Dienstag im März. Sie hatte einen anderen gefunden, einen Architekten, der jünger war und keine Kinder wollte. "Ich erstick in diesem Leben", sagte sie. "Mit dir, mit deiner Selbstgefälligkeit, mit deinem ewigen Gerede über andere Menschen."

Dr. Müller stand in der Küche und starrte auf das Aquarium. Der Goldfisch schwamm seine Kreise, tagein, tagaus dieselben Bahnen. Wie er selbst. Vierzig Jahre dieselben Runden.

Die Scheidung sollte am Donnerstag verhandelt werden. Seine Frau wollte die Hälfte seiner Praxis, das Haus, den Porsche. "Du bekommst den Goldfisch", hatte sie gesagt und gelacht.

Am Mittwochabend kam sie noch einmal. Sie wollte ihre Bücher holen. Er machte ihr einen Tee, Kamille, wie früher. Sie saß am Küchentisch und erzählte von ihrem neuen Leben. Von Reisen, von Spontaneität, von Leidenschaft.

"Weißt du, was dein Problem ist?", sagte sie. "Du lebst nicht. Du funktionierst nur."

Er nickte und dachte an den Goldfisch. Dann nahm er das Messer aus der Schublade, das große, mit dem sie früher das Fleisch geschnitten hatten. Ein Schnitt reichte.

Das Blut lief über den Küchentisch, tropfte auf den Boden. Der Goldfisch schwamm weiter seine Kreise.

Als die Polizei kam, saß Dr. Müller noch immer am Tisch. Er hatte das Aquarium geöffnet und seinen Finger ins Wasser gehalten. "Ich wollte nur wissen, wie es sich anfühlt", sagte er. "Eingesperrt zu sein."

Vor Gericht sprach er von vierzig Jahren Ehe, von Routine, von der Angst vor dem Alleinsein. Die Richterin verurteilte ihn zu zwölf Jahren Haft wegen Totschlags. Die Staatsanwältin hatte Mord gefordert, aber das Gericht sah keine Heimtücke. Nur Verzweiflung.

Dr. Müller nickte, als das Urteil verkündet wurde. "Kann ich den Goldfisch mitnehmen?", fragte er. "Ins Gefängnis?"

Die Richterin sah ihn lange an. Dann schüttelte sie den Kopf.

Der Goldfisch schwamm weiter seine Kreise. Allein.

---

2. Die Uhr

Klaus Bergmann war Uhrmacher. In seinem kleinen Laden in der Altstadt tickte die Zeit in hunderten von Rhythmen. Er kannte jeden Mechanismus, jedes Zahnrad, jede Feder. Uhren waren verlässlich. Menschen nicht.

Seine Frau Petra hatte ihn nach zwanzig Jahren verlassen. Für einen Investmentbanker, der Rolex trug und über Präzision sprach, aber nie pünktlich war. "Du lebst in der Vergangenheit", hatte sie gesagt. "Immer nur diese alten Uhren, diese toten Dinge."

Die Scheidung war bitter. Petra wollte den Laden, den sie gemeinsam aufgebaut hatten. "Du kannst ja Uhren reparieren", sagte sie. "Mach das halt für andere."

Klaus arbeitete die ganze Nacht vor der Verhandlung. Er reparierte eine Taschenuhr aus dem 18. Jahrhundert, die ein Kunde gebracht hatte. Winzige Zahnräder, dünner als Haare. Stunden vergingen, während er über das Werk gebeugt saß.

Um drei Uhr morgens hörte er den Schlüssel im Schloss. Petra kam herein, wie so oft in den letzten Monaten. Sie wollte etwas holen, sagte sie. Immer gab es etwas.

"Ich hab dir was mitgebracht", sagte sie und legte eine Rolex auf den Tresen. "Von Marcus. Er meint, du könntest sie begutachten. Für den Versicherungsfall."

8

Klaus nahm die Uhr. Sie war schwer, kalt. Ein Investment, kein Zeitmesser. "Gestohlen", sagte er nach einer Weile.

"Was?"

"Die Uhr. Die Seriennummer ist abgeschliffen. Schlecht gemacht. Sieht man sofort."

Petra wurde blass. "Das ist nicht... Marcus würde nie..."

"Doch. Würde er. Wie er dich stehlen würde. Wie er alles stiehlt."

Sie standen sich gegenüber im Laden. Die Uhren tickten, jede in ihrem eigenen Rhythmus. Petra griff nach der Rolex, aber Klaus hielt sie fest.

"Du zerstörst alles", sagte er. "Zwanzig Jahre. Alles kaputt."

"Lass mich los!"

Aber Klaus ließ nicht los. Er drückte zu, immer fester. Petra schrie, aber das Ticken der Uhren übertönte alles. Als sie still wurde, war es 3:17 Uhr.

Klaus setzte sich an seinen Arbeitsplatz und nahm die Taschenuhr zur Hand. Die Zeit war stehen geblieben. Das Hauptzahnrad war gebrochen.

Die Polizei fand ihn am Morgen. Er hatte alle Uhren im Laden aufgezogen. Sie tickten im Gleichklang, zum ersten und letzten Mal.

"Warum?", fragte der Kommissar.

Klaus sah auf die Taschenuhr in seinen Händen. "Die Zeit", sagte er. "Sie war abgelaufen."

Vor Gericht behauptete er, es sei ein Unfall gewesen. Aber die Rechtsmedizin bewies: Petra war erwürgt worden. Langsam, mit Bedacht.

Fünfzehn Jahre Haft. Klaus nickte, als das Urteil verkündet wurde. "Kann ich meine Uhren mitnehmen?", fragte er.

"Nein", sagte die Richterin. "Die Zeit müssen Sie anders verbringen."

In seiner Zelle ist es still. Keine Uhren, nur die Erinnerung an das Ticken. Klaus liegt auf dem Bett und zählt die Sekunden. Ein Leben lang.

3. Das Kochbuch

Maria Santorini führte das beste italienische Restaurant der Stadt. Ihre Küche war ihr Heiligtum, ihre Rezepte waren Familiengeheimnisse. Sie kochte mit Liebe, sagten die Gäste. Das stimmte. Bis zu dem Tag, als die Liebe starb.

Roberto war ihr Mann und ihr Sous-Chef. Vierzehn Jahre hatten sie zusammen gekocht, gelacht, geträumt. Das Restaurant war ihr gemeinsames Kind, das einzige, das sie hatten.

An einem Donnerstag im Juni kam Roberto nicht zur Arbeit. Maria fand ihn im Büro, über den Büchern. Er weinte.

"Ich kann nicht mehr", sagte er. "Ich liebe jemand anderen."

Die andere war eine Köchin aus München. Jung, ambitioniert, mit eigenen Träumen. 'Sie will ein Restaurant eröffnen", sagte Roberto. "Ich gehe mit ihr."

Maria stand da, das Kochbuch ihrer Großmutter in den Händen. Hundert Jahre alte Rezepte, von Generation zu Generation weitergegeben. "Und ich?", fragte sie.

"Du bekommst das Restaurant. Ich will nur meine Sachen und... das Kochbuch."

"Das Kochbuch?"

"Es gehört mir auch. Ich hab all die Jahre mitgekocht. Ohne mich wäre es nichts wert."

Maria starrte ihn an. Das Kochbuch war mehr als Rezepte. Es war ihre Geschichte, ihre Identität. "Nein", sagte sie.

"Doch. Mein Anwalt sagt, ich hab Anspruch darauf. Geistiges Eigentum."

In dieser Nacht blieb Maria in der Küche. Sie kochte wie eine Besessene. Pasta, Risotto, Ossobuco. All die Gerichte, die Roberto geliebt hatte. Um Mitternacht kam er in die Küche.

"Riecht gut", sagte er und lächelte. Wie früher.

"Probiere mal", sagte Maria und reichte ihm einen Löffel Sauce. "Neues Rezept."

Roberto kostete. "Sehr gut. Aber etwas bitter."

"Das ist Wermut. Für die Tiefe."

Sie redeten, während er aß. Über die alten Zeiten, über ihre Träume. Roberto wurde müde, seine Augen schwer.

"Was ist mit mir?", murmelte er.

"Du schläfst nur", sagte Maria. "Wie ein Kind."

Aber Roberto schlief nicht. Die Tollkirsche, die Maria in die Sauce getan hatte, ließ ihn langsam sterben. Sie hielt seine Hand, bis sein Herz aufhörte zu schlagen.

Den Anwalt rief sie am nächsten Morgen. "Roberto kommt nicht zur Scheidung", sagte sie. "Er ist verreist."

Die Polizei fand ihn drei Tage später. Versteckt im Kühlhaus, zwischen den Fleischstücken. Maria saß in der Küche und las in ihrem Kochbuch.

"Warum?", fragte der Kommissar.

"Er wollte mir meine Seele nehmen", sagte Maria. "Aber manche Dinge kann man nicht teilen."

Das Gericht verurteilte sie zu lebenslanger Haft. Mord mit Heimtücke. Maria nahm das Urteil ohne Emotion entgegen.

"Kann ich das Kochbuch behalten?", fragte sie.

"Nein", sagte die Richterin. "Das ist Beweismaterial."

Im Gefängnis arbeitet Maria in der Küche. Sie kocht für achthundert Häftlinge. Immer dieselben Gerichte, nach Vorschrift. Ohne Liebe, ohne Seele.

Das Kochbuch liegt im Archiv. Zwischen Akten und Beweismitteln. Wertlos ohne ihre Hände.

4. Der Briefkasten

Heinrich Stolz war Briefträger. Vierzig Jahre lang hatte er Post ausgetragen, Freuden und Sorgen der Menschen getragen. Er kannte jeden Briefkasten in seinem Bezirk, jede Hausnummer, jede Geschichte.

Seine Frau Ingrid hatte ihn nach dreißig Jahren verlassen. Für einen Postboten aus einem anderen Bezirk. "Du redest nie", hatte sie gesagt. "Du bringst nur Post."

Heinrich schwieg. Er hatte sein Leben lang geschwiegen. Briefe sprachen für sich.

Die Scheidung war einfach. Ingrid wollte das Haus, er sollte eine Wohnung suchen. "Du findest überall einen Briefkasten", hatte sie gesagt und gelacht.

Heinrich zog in eine kleine Wohnung am Stadtrand. Der Briefkasten war neu, ohne Geschichte. Er klebte ein Schild darauf: "H. Stolz". Zwei Buchstaben und ein Punkt. Mehr brauchte er nicht.

Jeden Tag lief er seine Route. Neue Briefe, neue Geschichten. Aber abends war er allein. Keine Post für ihn, kein Name auf Umschlägen.

An einem Freitag im November sah er Ingrid. Sie stand vor ihrem alten Haus, seinem Haus, und küsste den anderen. Heinrich hielt an, versteckte sich hinter einem Baum. Sie lachte, wie früher. Nur nicht mit ihm.

Am Wochenende fuhr er zu dem Haus. Ingrid war nicht da, aber der Briefkasten war voll.

Rechnungen, Werbung, ein Brief von der Versicherung. Heinrich öffnete ihn. Aus Gewohnheit, sagte er später vor Gericht.

Die Versicherung schrieb wegen eines Unfalls. Ingrids neuer Mann hatte gelogen. Er war nicht Postbote, sondern Sozialbetrüger. Seit Jahren bekam er Geld, das ihm nicht zustand.

Heinrich las den Brief zweimal. Dann steckte er ihn in die Tasche.

Am Montag kam Ingrid zu ihm. Sie sah alt aus, müde. "Ich brauche deine Hilfe", sagte sie. "Die Versicherung will Geld von mir. Ich verstehe das nicht."

Heinrich zeigte ihr den Brief. "Dein Freund ist ein Betrüger", sagte er.

"Das ist nicht wahr!"

"Doch. Steht hier."

Ingrid wurde blass. "Du hast meinen Brief gelesen? Du hast meine Post gestohlen?"

"Ich bin Postbote", sagte Heinrich. "Ich lese immer Post."

"Du spinnst ja total!"

Sie standen sich gegenüber in der kleinen Wohnung. Heinrich sah auf den neuen Briefkasten durch das Fenster. Leer, wie sein Leben.

"Du hast mich angelogen", sagte er. "Dreißig Jahre lang."

"Womit?"

"Du hast gesagt, ich rede nie. Aber du hast nie zugehört."

Ingrid wollte gehen, aber Heinrich hielt sie fest. "Du hörst jetzt zu", sagte er.

Er sprach eine Stunde lang. Von Briefen, die er gelesen hatte. Von Liebesbriefen, die er nicht bekommen hatte. Von Einsamkeit, die er getragen hatte wie einen Postsack.

Ingrid weinte. "Lass mich gehen", sagte sie.

Aber Heinrich ließ nicht los. Er drückte zu, immer fester. Bis Ingrid aufhörte zu weinen.

Die Polizei fand sie am nächsten Tag. Heinrich saß neben ihr und las einen Brief vor. Immer wieder denselben.

"Liebe Ingrid", las er. "Ich liebe dich. Heinrich."

"Haben Sie diesen Brief geschrieben?", fragte der Kommissar.

Heinrich nickte. "Aber nie abgeschickt. Vierzig Jahre lang."

Das Gericht sah einen Affekt. Totschlag, nicht Mord. Zehn Jahre Haft. Heinrich nickte, als das Urteil verkündet wurde.

"Kann ich Post bekommen?", fragte er. "Im Gefängnis?"

"Ja", sagte die Richterin. "Wenn Ihnen jemand schreibt."

Heinrich lächelte. Zum ersten Mal seit langem.

Aber niemand schrieb ihm. Der Briefkasten in seiner Zelle blieb leer.

5. Das Fotoalbum

Sabine Hoffmann war Fotografin. Sie fing Momente ein, hielt sie fest für die Ewigkeit. Ihre Bilder erzählten Geschichten von Liebe, Glück, Leben. Bis zu dem Tag, als ihre eigene Geschichte endete.

Thomas war ihr Mann und ihr Modell. Zwölf Jahre lang hatte sie ihn fotografiert. Tausende von Bildern, ein ganzes Leben in Schwarz-Weiß. Er war ihr Motiv, ihre Muse, ihre Welt.

An einem Mittwoch im April kam Thomas nicht ins Studio. Sabine wartete, bis die Sonne unterging. Um neun Uhr rief er an.

"Ich komme nicht mehr", sagte er. "Es ist vorbei."

"Was ist vorbei?"

"Wir. Ich hab jemand anderen kennengelernt."

Sabine stand im Dunkeln zwischen ihren Bildern. Thomas überall, in jeder Ecke, in jedem Rahmen. "Wer ist sie?", fragte sie.

"Eine Kundin. Ich hab sie fotografiert. Für ihre Hochzeit."

Sabine lachte. "Du kannst nicht fotografieren. Du bist nur das Motiv."

"Nicht mehr", sagte Thomas. "Ich hab genug davon, betrachtet zu werden. Ich will selbst sehen."

Die Scheidung war schnell. Thomas wollte die Hälfte der Bilder, alle, auf denen er zu sehen war. "Das ist mein Gesicht", sagte er. "Mein Körper. Meine Rechte."

Sabine sah ihn an, als wäre er ein Fremder. "Die Bilder sind meine Kunst", sagte sie. "Ohne mich wärst du nur ein Mann."

"Und ohne mich", sagte Thomas, "wärst du nur eine Frau mit einer Kamera."

In dieser Nacht saß Sabine in ihrem Studio und sah sich die Bilder an. Zwölf Jahre Liebe, eingefangen in Silber und Papier. Thomas lächelnd, ernst, nachdenklich, verliebt. Immer verliebt.

Um Mitternacht kam er ins Studio. "Ich hab was vergessen", sagte er.

Sabine sah auf. "Was?"

"Das." Er zeigte auf ein Bild an der Wand. Ihr Hochzeitsfoto. Thomas im Anzug, sie im weißen Kleid. "Das nehm ich mit."

"Nein", sagte Sabine.

"Doch. Ich bin auch darauf."

Sie standen sich gegenüber vor dem Bild. Sabine sah ihre jüngere Version, voller Träume und Pläne. "Weißt du noch?", fragte sie. "Du hast gesagt, du willst für immer bei mir sein."

"Das war damals", sagte Thomas. "Menschen ändern sich."

"Bilder nicht."

Thomas griff nach dem Rahmen, aber Sabine hielt ihn fest. "Du zerstörst alles", sagte sie.

"Ich will nur mein Leben zurück."

"Dein Leben ist hier. In diesen Bildern."

Sie zogen beide am Rahmen. Das Glas zerbrach, schnitt in ihre Hände. Blut tropfte auf das Foto, auf ihr weißes Kleid.

"Siehst du?", sagte Sabine. "Du machst alles kaputt."

Thomas ließ los. "Du spinnst ja."

Aber Sabine ließ nicht los. Sie hielt eine Glasscherbe in der Hand, scharf wie ein Messer. "Du gehörst mir", sagte sie. "Für immer."

Thomas sah die Klinge, sah das Blut, sah ihre Augen. "Sabine, bitte..."

Aber Sabine hörte nicht mehr. Sie sah nur das Bild, ihr Leben, ihre Liebe. Mit einem Schnitt war alles vorbei.

Die Polizei fand sie am Morgen. Sabine saß vor dem zerbrochenen Bild und fotografierte Thomas. Immer wieder, bis der Film leer war.

"Warum?", fragte der Kommissar.

"Ich wollte ihn festhalten", sagte Sabine. "Für immer."

Das Gericht verurteilte sie zu vierzehn Jahren Haft. Die Bilder wurden versiegelt, als Beweismaterial. Sabine bekam keine Kamera ins Gefängnis.

"Kann ich wenigstens die Fotos haben?", fragte sie.

"Nein", sagte die Richterin. "Die Vergangenheit muss ruhen."

In ihrer Zelle malt Sabine Bilder. Mit Bleistift, ohne Farbe. Immer dasselbe Motiv: ein Mann, der lächelt. Für immer.

6. Das Skalpell

Dr. Andreas Brenner war Herzchirurg. Seine Hände retteten Leben, jeden Tag, seit zwanzig Jahren. Im Operationssaal war er ein Gott, perfekt, unfehlbar. Außerhalb war er nur ein Mann, der seine Frau verlor.

Claudia hatte ihn an einem Montag verlassen. Nicht für einen anderen Mann, sondern für sich selbst. "Ich ersticke neben dir", hatte sie gesagt. "Du operierst auch mich, jeden Tag. Schneidest weg, was dir nicht passt."

Dr. Brenner stand in seinem Büro im dritten Stock der Klinik und sah auf die Stadt hinab. Dreißig Stockwerke unter ihm bewegten sich Menschen wie Ameisen. Leben und Tod spielten sich ab, und er sah alles von oben.

Die Scheidungspapiere lagen auf seinem Schreibtisch. Claudia wollte die Hälfte seines Vermögens, das Haus in Grünwald, die Praxis. "Du kannst ja wieder anfangen", hatte sie gesagt. "Du bist erst fünfzig."

Aber Dr. Brenner wollte nicht wieder anfangen. Er wollte, dass alles blieb, wie es war. Berechenbar, kontrollierbar, steril wie ein Operationssaal.

An diesem Abend blieb er länger in der Klinik. Eine Notoperation. Ein Mann, Mitte vierzig, Herzinfarkt. Die Arterie war zu neunzig Prozent verschlossen. Dr. Brenner öffnete den Brustkorb, sah das pochende Herz, hielt Leben in seinen Händen.

"Wird er es schaffen?", fragte Dr. Klein, der Assistenzarzt.

"Wenn ich will", sagte Dr. Brenner.

Drei Stunden später war die Operation vorbei. Der Mann würde leben. Dr. Brenner zog sich um, duschte, aber das Gefühl von Macht blieb. In seinen Händen lag Leben und Tod.

Um Mitternacht kam Claudia in die Klinik. Sie hatte einen Autounfall gehabt, nichts Schlimmes, aber das Handgelenk war gebrochen. "Ausgerechnet du", sagte sie, als sie ihn sah.

"Ausgerechnet ich", sagte Dr. Brenner.

Er brachte sie in den Operationssaal. "Das muss genäht werden", sagte er. "Komplizierter Bruch."

"Kannst du das nicht einem anderen geben?"

"Nein. Ich bin der Beste."

Das stimmte. Dr. Brenner war der beste Chirurg der Klinik, vielleicht der Stadt. Seine Hände zitterten nie, sein Blick war scharf, sein Verstand klar. Aber heute war etwas anders.

Claudia lag auf dem Operationstisch. Die gleiche Position wie die Patienten, denen er das Leben rettete. Dr. Brenner betrachtete sie, als würde er sie zum ersten Mal sehen. Die Frau, die er geliebt hatte, die ihn verlassen hatte, die ihn zerstören wollte.

"Narkose?", fragte Dr. Klein.

21

"Lokale Betäubung reicht", sagte Dr. Brenner. "Sie soll wach bleiben."

Er desinfizierte das Handgelenk, spritzte das Betäubungsmittel. Claudia verzog das Gesicht. "Das tut weh", sagte sie.

"Tut mir leid", sagte Dr. Brenner. Aber es tat ihm nicht leid. Zum ersten Mal seit Wochen fühlte er sich lebendig.

Er nahm das Skalpell. Die Klinge war scharf, blitzte im Operationslicht. "Weißt du noch?", fragte er. "Unsere erste Begegnung? Du warst auch Patientin."

"Andreas, bitte. Mach einfach."

"Du hattest Blinddarmentzündung. Ich hab dich operiert. Du warst so schön, selbst unter Narkose."

Dr. Brenner setzte das Skalpell an. Ein kleiner Schnitt, präzise, genau. Blut quoll hervor, rot und warm. "Ich hab mich in dich verliebt, als du bewusstlos warst", sagte er. "Ist das nicht verrückt?"

"Andreas, was machst du da?"

Der Schnitt war zu tief. Dr. Brenner sah es sofort. Er hatte eine Arterie getroffen, die nicht hätte verletzt werden dürfen. Blut floss über den Operationstisch.

„Scheisse" sagte Dr. Klein. "Wir verlieren sie."

Aber Dr. Brenner rührte sich nicht. Er sah das Blut, roch den metallischen Geruch, hörte Claudias schwächer werdenden Atem. "Andreas", flüsterte sie. "Hilf mir."

"Warum?", fragte er. "Du wolltest doch weg. Jetzt gehst du endgültig."

"Herr Doktor!", rief Dr. Klein. "Wir müssen etwas tun!"

Dr. Brenner sah auf seine Hände. Dreißig Jahre lang hatten sie Leben gerettet. Heute zum ersten Mal nahmen sie Leben. Es fühlte sich nicht anders an.

Claudia starb um 2:17 Uhr. Herz-Kreislauf-Versagen, schrieb Dr. Brenner in den Bericht. Komplikationen bei einer Routineoperation. Manchmal passiert das.

Aber Dr. Klein hatte alles gesehen. Er meldete sich bei der Staatsanwaltschaft. "Er hat sie sterben lassen", sagte er. "Absichtlich.'

Die Obduktion bestätigte es. Der Schnitt war zu tief, zu unpräzise für einen Chirurgen von Dr. Brenners Können. Das Gutachten sprach von grober Fahrlässigkeit, möglicherweise Vorsatz.

Vor Gericht saß Dr. Brenner in seinem dunklen Anzug. Er sah aus wie immer: gepflegt, kompetent, vertrauenerweckend. Nur seine Hände zitterten leicht.

"Warum haben Sie Ihrer Frau nicht geholfen?", fragte die Staatsanwältin.

"Ich hab versucht", sagte Dr. Brenner. "Aber manchmal reicht es nicht."

"Sie sind seit zwanzig Jahren Chirurg. Sie haben tausende Operationen durchgeführt. Noch nie ist Ihnen ein solcher Fehler passiert."

Dr. Brenner schwieg. Was sollte er sagen? Dass er müde war? Dass er nicht mehr Leben retten wollte, wenn sein eigenes Leben zerstört war? Dass

Claudia ihm das Herz herausgerissen hatte, und er wollte sehen, wie es war, wenn ihr Herz stillstand?

"Meine Mandanten", sagte ich in meinem Plädoyer, "sind Menschen wie wir alle. Sie machen Fehler. Dr. Brenner hat einen Fehler gemacht. Einen tragischen, aber menschlichen Fehler."

Die Staatsanwältin sah das anders. "Dr. Brenner hat seine Macht missbraucht", sagte sie. "Er hat getötet, kalt und berechnet."

Das Gericht sah einen Mittelweg. Totschlag durch Unterlassen. Zehn Jahre Haft, Berufsverbot auf Lebenszeit. Dr. Brenner nickte, als das Urteil verkündet wurde.

"Haben Sie etwas zu sagen?", fragte die Richterin.

Dr. Brenner stand auf. "Ich hab zwanzig Jahre lang Leben gerettet", sagte er. "Vielleicht war es Zeit, auch mal zu nehmen."

In seiner Gefängniszelle arbeitet Dr. Brenner in der Krankenstube. Er verarztet kleine Wunden, gibt Aspirin gegen Kopfschmerzen, misst Blutdruck. Einfache Sachen, nichts Lebensbedrohliches.

Manchmal nachts liegt er wach und sieht seine Hände im Mondlicht. Sie zittern nicht mehr. Sie sind ruhig, still, tot.

Wie Claudia.

---

7. Die Akte

Dr. Elisabeth Fröhlich war Psychiaterin. Sie kannte die menschliche Seele, ihre Abgründe, ihre Geheimnisse. Zwanzig Jahre lang hatte sie Menschen geholfen, ihre Dämonen zu bekämpfen. Bis ihre eigenen Dämonen die Oberhand gewannen.

Ihr Mann Jürgen war Journalist. Ein guter, kritischer, manchmal rücksichtsloser. Er schrieb über Korruption, Machtmissbrauch, Vertuschung. Seine Artikel veränderten Leben, zerstörten Karrieren, brachten Wahrheit ans Licht.

Die Ehe war schwierig gewesen. Zwei Menschen, die beruflich in fremde Leben eindrangen, die Geheimnisse ausgruben, die heilten oder zerstörten. Zu Hause schwiegen sie oft. Jeder hatte genug von den Seelen anderer Menschen.

An einem Donnerstag im Februar kam Jürgen nach Hause und sagte: "Ich ziehe aus."

Dr. Fröhlich saß in ihrem Arbeitszimmer und las Patientenakten. "Warum?", fragte sie, ohne aufzublicken.

"Weil ich dich nicht mehr liebe."

Die Worte hingen im Raum wie eine Diagnose. Klar, endgültig, unheilbar. Dr. Fröhlich legte die Akte zur Seite und sah ihren Mann an. "Gibt es jemand anderen?"

"Nein. Nur mich. Ich will wieder ich selbst sein."

"Wer bist du denn, wenn nicht mein Mann?"

Jürgen lächelte traurig. "Das will ich herausfinden."

Die Scheidung verlief zivilisiert. Jürgen wollte keine Unterhaltszahlungen, kein gemeinsames Sorgerecht für ihre Katze, nichts. "Ich will nur weg", sagte er.

Aber es gab ein Problem. Jürgen arbeitete an einer großen Story über Korruption im Gesundheitswesen. Er hatte Quellen in mehreren Kliniken, interne Dokumente, brisante Informationen. Und einige dieser Informationen stammten von Dr. Fröhlich.

"Du kannst das nicht veröffentlichen", sagte sie. "Das sind vertrauliche Patientendaten."

"Die Namen werden geändert. Es geht um das System, nicht um die Menschen."

"Es geht immer um die Menschen."

Jürgen sah sie an. "Du warst nicht immer so vorsichtig. Erinnerst du dich an den Bürgermeister? Den hast du auch nicht geschützt."

Der Bürgermeister. Dr. Fröhlich erinnerte sich. Ein Patient mit Depressionen und Suizidgedanken. Jürgen hatte eine Story über Steuerhinterziehung geschrieben. Der Bürgermeister hatte sich zwei Wochen später erhängt.

"Das war anders", sagte Dr. Fröhlich.

"Nein", sagte Jürgen. "Das war genauso. Wir haben beide Grenzen überschritten."

Er hatte recht. Dr. Fröhlich hatte ihm von dem Bürgermeister erzählt, von dessen Schwäche, seiner Verwundbarkeit. Sie hatte das Vertrauen ihrer Patienten gebrochen. Für ihn. Für ihre Ehe.

"Ich mach das nicht mehr", sagte sie.

"Zu spät", sagte Jürgen. "Ich hab schon alles."

An diesem Abend saß Dr. Fröhlich in ihrer Praxis und las die Patientenakten. Hunderte von Menschen, die ihr vertraut hatten. Ihre Ängste, ihre Geheimnisse, ihre Scham. Alles aufgeschrieben, dokumentiert, verwundbar.

Jürgen kam um zehn Uhr vorbei. "Ich brauch noch die Unterlagen vom Krankenhaus Nord", sagte er.

"Die bekommst du nicht."

"Elisabeth, sei vernünftig. Die Story ist wichtig. Es geht um Millionen von Euro, um Leben."

"Es geht um Vertrauen."

Sie standen sich gegenüber im Sprechzimmer. Hier hatte Dr. Fröhlich Jahre ihres Lebens verbracht, hatte zugehört, getröstet, geholfen. Jetzt war sie die Patientin, und Jürgen war der Therapeut, der sie analysierte.

"Du hast Angst", sagte er. "Vor Veränderung, vor Verlust, vor dem Alleinsein."

"Hör auf."

"Das ist dein Problem, Elisabeth. Du willst alles kontrollieren. Aber das Leben lässt sich nicht kontrollieren."

„Raus" sagte Dr. Fröhlich.

Aber Jürgen ging nicht. Er setzte sich in den Patientenstuhl, lehnte sich zurück. "Weißt du, was dein größtes Problem ist?", sagte er. "Du glaubst, du könntest Menschen reparieren. Aber manche sind nicht kaputt. Die wollen nur frei sein."

Dr. Fröhlich sah ihn an. Der Mann, den sie geheiratet hatte, den sie geliebt hatte, der sie jetzt verließ. Wie ein Patient, der die Therapie abbricht. Wie ein Fall, der nicht gelöst werden kann.

"Du willst also frei sein?", fragte sie.

"Ja."

"Für immer?"

"Ja."

Dr. Fröhlich öffnete den Schreibtischschrank. Darin lagen Medikamente, die sie für Notfälle aufbewahrte. Beruhigungsmittel, Antidepressiva, Neuroleptika. In der richtigen Dosierung heilten sie. In der falschen töteten sie.

"Dann sollst du frei sein", sagte sie und griff nach einer Ampulle.

Jürgen sah die Spritze, sah ihre Augen, sah den Tod. "Elisabeth, nein..."

Aber Dr. Fröhlich hatte schon entschieden. Ein kleiner Stich in den Hals, schnell, präzise. Wie eine Heilung, nur anders.

Jürgen kämpfte eine Minute lang. Dann wurde er ruhig. Das Medikament wirkte schnell, schmerzlos. Dr. Fröhlich hielt seine Hand, bis sein Herz aufhörte zu schlagen.

"Jetzt bist du frei", sagte sie.

Die Polizei fand sie am nächsten Morgen. Dr. Fröhlich saß am Schreibtisch und schrieb Patientennotizen. Immer dieselben Sätze: "Patient zeigt Widerstand gegen Therapie. Prognose schlecht."

"Warum haben Sie Ihren Mann getötet?", fragte der Kommissar.

"Ich hab ihn nicht getötet", sagte Dr. Fröhlich. "Ich hab ihn geheilt."

Vor Gericht erklärte sie ihre Tat. Jürgen sei krank gewesen, psychisch labil, selbstmordgefährdet. Sie habe ihm helfen wollen. "Manchmal", sagte sie, "ist der Tod die einzige Therapie."

Die Staatsanwältin sah das anders. "Dr. Fröhlich hat gemordet", sagte sie. "Kalt, berechnet, heimtückisch."

Das psychiatrische Gutachten war eindeutig. Dr. Fröhlich war zurechnungsfähig, aber emotional völlig abgestumpft. "Eine gefährliche Narzisstin", sagte der Gutachter. "Sie sieht Menschen als Objekte."

Lebenslange Haft. Dr. Fröhlich nahm das Urteil ohne Emotion entgegen. "Kann ich meine Patientenakten mitnehmen?", fragte sie.

"Nein", sagte die Richterin. "Die Behandlung ist beendet."

Im Gefängnis arbeitet Dr. Fröhlich in der psychologischen Betreuung. Sie hört zu, wenn Häftlinge ihre Geschichten erzählen. Aber sie macht keine Notizen mehr. Die Geschichten verschwinden, sobald sie erzählt sind.

Manchmal denkt sie an Jürgen. An seine letzte Geschichte, die nie geschrieben wurde. An die Wahrheit, die mit ihm starb.

Manche Patienten, denkt sie, sind nicht zu retten. Nicht mal von sich selbst.

8. Der Nachtdienst

Schwester Anna Becker arbeitete seit fünfzehn Jahren auf der Intensivstation. Sie kannte den Tod, hatte ihn kommen und gehen sehen, hatte Leben gerettet und Leben verloren. Ihre Hände waren sanft, ihre Stimme beruhigend. Die Patienten liebten sie. Ihr Mann nicht mehr.

Michael war Polizist. Schichtdienst wie sie, unregelmäßige Zeiten, ständige Belastung. Fünfzehn Jahre lang hatten sie sich zwischen Tag- und Nachtschichten hin und her gelebt. Wie Schiffe, die sich in der Nacht begegnen und wieder verschwinden.

An einem Dienstag im März, während der Nachtschicht, rief Michael im Krankenhaus an. "Ich will die Scheidung", sagte er. Ohne Vorwarnung, ohne Erklärung. Als würde er einen Verkehrsunfall melden.

Anna stand am Bett von Herrn Wagner, einem alten Mann mit Herzproblemen. Sie hielt seine Hand, während er schlief. "Warum?", fragte sie ins Telefon.

"Weil wir wie Fremde leben. Ich kenne dich nicht mehr, Anna. Du kennst mich nicht mehr."

"Wir können darüber reden."

"Nein. Es ist vorbei. Mein Anwalt meldet sich."

Die Leitung war tot. Anna legte auf und sah Herrn Wagner an. Er atmete ruhig, gleichmäßig. Seine Träume waren friedlich. Sie beneidete ihn.

Die Scheidung war kompliziert. Das Haus, die Ersparnisse, die Zukunft. Michael wollte alles teilen, fair und gerecht. "Du bekommst die Hälfte", sagte er. "Das ist mehr, als du verdienst."

Anna schwieg. Was hatte sie verdient? Fünfzehn Jahre Nachtschichten, fünfzehn Jahre tote und sterbende Menschen, fünfzehn Jahre ohne richtige Liebe, ohne Kinder, ohne Leben. Die Hälfte von nichts war immer noch nichts.

Der Anwaltstermin war für Donnerstag angesetzt. Anna hatte frei, zum ersten Mal seit Wochen. Sie ging ins Krankenhaus, obwohl sie nicht musste. Die Intensivstation war ihr Zuhause, das Einzige, was ihr blieb.

Um vier Uhr nachmittags kam Michael ins Krankenhaus. Er hatte einen Herzinfarkt, nicht schwer, aber ernst genug für die Intensivstation. Anna war nicht eingeteilt, aber sie übernahm seine Pflege.

"Ausgerechnet du", sagte Michael.

"Ausgerechnet ich", sagte Anna.

Sie brachte ihn in das Zimmer neben Herrn Wagner. Zwei Männer, beide alt, beide krank, beide verlassen. Michael sah aus wie ein Fremder. Grau, müde, kleiner als in ihrer Erinnerung.

"Wie schlimm ist es?", fragte er.

Anna sah seine Werte, las die Diagnose. "Du wirst überleben", sagte sie. "Wie immer."

Michael lächelte schwach. "Tut mir leid wegen heute Morgen. Mit dem Anwalt. Schlechtes Timing."

"Es gibt kein gutes Timing für eine Scheidung."

"Nein. Stimmt."

Anna blieb bei ihm, obwohl andere Patienten warteten. Sie kontrollierte seine Werte, gab ihm Medikamente, hörte seinem unregelmäßigen Herzschlag zu. "Weißt du noch?", fragte sie. "Als wir uns kennengelernt haben? Du warst auch Patient."

"Schusswunde", sagte Michael. "Du hast mich versorgt."

"Du hast gesagt, ich hab Engelshände."

"Hab ich das?"

"Ja. Und dass du mich heiraten willst, sobald du wieder gesund bist."

Michael schloss die Augen. "Das war vor langer Zeit."

"Fünfzehn Jahre."

"Ein Leben."

Anna sah auf seine Hände. Starke Hände, die sie einmal geliebt hatte. Jetzt waren sie schwach, hilflos. Wie alles an ihm.

"Ich versteh das nicht", sagte sie. "Warum jetzt? Nach all der Zeit?"

"Weil die Zeit vorbei ist. Wir sind alt geworden, Anna. Und einsam. Getrennt einsam ist ehrlicher als gemeinsam einsam."

Anna ging ans Fenster. Draußen war es dunkel, die Stadt leuchtete in tausend Lichtern. Menschen lebten dort, liebten, träumten. Sie stand hier und sah zu.

"Was ist mit unseren Plänen?", fragte sie. "Das Haus in der Toskana, die Reise nach Island?"

"Pläne ändern sich."

"Menschen auch."

Um Mitternacht begann die Nachtschicht. Anna war eigentlich frei, aber sie blieb. Sie saß zwischen zwei Betten, zwischen Michael und Herrn Wagner. Beide schliefen, beide träumten. Einer würde aufwachen, der andere vielleicht nicht.

Anna sah die Medikamente auf dem Tablett. Morphium für die Schmerzen, Digitalis für das Herz, Adrenalin für den Notfall. In der richtigen Dosierung heilten sie. In der falschen...

Michael wachte um zwei Uhr auf. "Anna? Du bist noch da?"

"Ja."

"Du solltest nach Hause gehen. Schlafen."

"Ich bin nicht müde."

Michael sah sie an. Fünfzehn Jahre Ehe, und er kannte diesen Blick. "Was denkst du?", fragte er.

"An uns. An die Zeit. An das Ende."

"Anna..."

Aber Anna hörte nicht mehr zu. Sie griff nach der Morphiumspritze, die für Herrn Wagner bestimmt war. Eine doppelte Dosis, vielleicht dreifach. Genug für einen friedlichen Tod.

"Anna, was machst du da?"

"Ich helfe dir", sagte sie. "Ein letztes Mal."

Michael sah die Spritze, sah ihre Augen, sah seinen Tod. "Bitte nicht."

"Warum nicht? Du willst doch weg. Von mir, von uns, von allem."

"Nicht so."

"Wie denn sonst? Du zerstörst mich sowieso. Langsam, über Jahre. So ist es schneller."

Anna setzte die Nadel an. Ein kleiner Stich, kaum spürbar. Wie tausende Male zuvor. Nur dass sie diesmal nicht heilte, sondern tötete.

Michael kämpfte nicht. Er sah Anna an, bis seine Augen sich schlossen. "Ich hab dich geliebt", flüsterte er.

"Ich weiß", sagte Anna. "Aber nicht genug."

Das Morphium wirkte schnell. Michael schlief ein, für immer. Anna hielt seine Hand, bis sein Herz aufhörte zu schlagen.

Um sechs Uhr fand die Frühschicht sie. Anna saß zwischen den beiden Betten. Herr Wagner lebte noch, Michael war tot. "Herzversagen", schrieb Anna in den Bericht. "Um 2:17 Uhr."

Aber die Obduktion zeigte die Wahrheit. Morphiumvergiftung, eindeutig. Anna gestand sofort. "Er wollte weg", sagte sie. "Jetzt ist er weg."

Vor Gericht erklärte sie ihre Tat. Michael sei todkrank gewesen, habe gelitten, sie habe ihm helfen wollen. "Ich bin Krankenschwester", sagte sie. "Ich helfe Menschen."

"Sie haben gemordet", sagte die Staatsanwältin. "Ihren eigenen Mann."

"Ich hab ihn erlöst."

Das Gericht sah Mord. Heimtückisch, aus niedrigen Beweggründen. Lebenslange Haft. Anna nickte, als das Urteil verkündet wurde.

"Bereuen Sie Ihre Tat?", fragte die Richterin.

Anna dachte nach. "Nein", sagte sie schließlich. "Ich bereue nur, dass ich ihn nicht früher gehen lassen hab."

Im Gefängnis arbeitet Anna in der Krankenstation. Sie pflegt kranke Häftlinge, gibt Medikamente, tröstet Sterbende. Ihre Hände sind immer noch sanft, ihre Stimme beruhigend.

Manchmal nachts liegt sie wach und denkt an Michael. An seine letzten Worte, seinen letzten Atemzug. An die Liebe, die nicht genug war.

Der Tod, denkt sie, ist auch eine Art Heilung. Die letzte, die endgültige.

9. Die Narkose

Dr. Thomas Neuber war Anästhesist. Er brachte Menschen in den künstlichen Schlaf, hütete ihre Träume, weckte sie wieder auf. Zwanzig Jahre lang hatte er über das Bewusstsein gewacht. Bis er sein eigenes verlor.

Seine Frau Sabrina war Journalistin. Sie schrieb über Medizin, über Skandale im Gesundheitswesen, über Ärzte, die Fehler machten. Ihre Artikel waren scharf, gnadenlos, gefürchtet. Sie war gut in ihrem Job. Zu gut.

Die Ehe war schon lange schwierig. Sabrina reiste viel, suchte Geschichten, jagte Wahrheiten. Dr. Neuber arbeitete im Operationssaal, regelmäßig, verlässlich, still. Sie lebten in verschiedenen Welten.

An einem Mittwoch im April kam Sabrina nach Hause und legte eine Zeitschrift auf den Küchentisch. "Seite zwölf", sagte sie.

Dr. Neuber schlug die Seite auf. Der Artikel handelte von ihm. Von einem Patienten, der nach einer Operation nicht mehr aufgewacht war. Wachkoma, irreversibel. Der Artikel suggerierte Kunstfehler, Fahrlässigkeit, Vertuschung.

"Warum?", fragte Dr. Neuber.

"Weil es die Wahrheit ist."

"Es war ein Unfall. Komplikationen. Das passiert."

"Zu oft. Bei dir zu oft."

Dr. Neuber sah seine Frau an. Die Frau, die er geheiratet hatte, die seine Geheimnisse kannte, die ihn liebte. Oder geliebt hatte. "Du zerstörst meine Karriere."

"Ich decke auf. Das ist mein Job."

"Ich bin dein Mann."

"Das ändert nichts."

Die Scheidung war unvermeidlich. Sabrina wollte nichts von ihm, nur ihre Freiheit. "Ich kann nicht mit jemandem zusammenleben, den ich nicht respektiere", sagte sie.

Dr. Neuber verstand. Er respektierte sich selbst nicht mehr. Der Patient im Wachkoma lag noch immer da, atmete durch Maschinen, träumte vielleicht, oder war schon tot und wusste es nur nicht.

Drei Wochen später kam Sabrina ins Krankenhaus. Eine Routineoperation, Gallensteine, nichts Dramatisches. Aber sie brauchte eine Narkose. Und Dr. Neuber war der diensthabende Anästhesist.

"Kannst du das nicht einem anderen geben?", fragte Sabrina.

"Nein. Ich bin eingeteilt."

Sie sah ihn an. "Vertrau ich dir?"

"Das musst du selbst wissen."

Sabrina lag auf dem Operationstisch. Dieselbe Position wie tausende Patienten vor ihr. Dr. Neuber kannte jeden Zentimeter ihres Körpers, hatte sie geliebt, berührt, begehrt. Jetzt war sie nur noch ein Fall.

"Zähl von zehn rückwärts", sagte er und setzte die Kanüle.

"Zehn, neun, acht..."

Sabrina schlief ein. Friedlich, vertrauensvoll, wie ein Kind. Dr. Neuber überwachte ihre Werte, ihren Herzschlag, ihre Atmung. In seinen Händen lag ihr Leben.

Die Operation dauerte eine Stunde. Routine, keine Komplikationen. Der Chirurg war zufrieden. "Können wir sie aufwecken?", fragte er.

Dr. Neuber sah auf die Monitore. Sabrina schlief tief, entspannt. Wie lange hatte er sie nicht mehr so friedlich gesehen? Jahre.

"Herr Doktor?", fragte die OP-Schwester. "Können wir aufwachen?"

Dr. Neuber zögerte. Das Aufwachmittel lag bereit, eine kleine Spritze mit klarer Flüssigkeit. Ein Druck auf den Kolben, und Sabrina würde die Augen öffnen. Zurück ins Leben, zurück in die Welt, die sie liebte und die ihn hasste.

"Herr Doktor?"

"Einen Moment", sagte Dr. Neuber.

Er dachte an den Artikel, an seine zerstörte Reputation, an die Scheidung. Sabrina hatte ihn vernichtet, professionell und persönlich. Mit drei Seiten Text und ein paar Statistiken.

"Was ist los?", fragte der Chirurg.

"Komplikationen", sagte Dr. Neuber. "Allergische Reaktion."

Das war gelogen. Sabrina lag ruhig da, ihre Werte waren stabil. Aber Dr. Neuber veränderte die Dosierung, erhöhte das Narkosemittel, vertiefte den Schlaf.

"Wir verlieren sie", sagte die OP-Schwester.

"Nein", sagte Dr. Neuber. "Sie schläft nur."

Sabrina schlief drei Tage lang. Die Ärzte nannten es Koma, sprachen von Hirnschäden, von irreversiblen Folgen. Dr. Neuber saß an ihrem Bett und hielt ihre Hand.

"Wach auf", flüsterte er. "Bitte."

Aber Sabrina wachte nicht auf. Am vierten Tag stellten die Ärzte die Maschinen ab. Dr. Neuber unterzeichnete die Sterbeurkunde. Herzversagen, schrieb er. Komplikationen nach der Operation.

Die Obduktion zeigte die Wahrheit. Überdosierung von Propofol, dem Narkosemittel. Dr. Neuber gestand sofort. "Ich wollte sie nicht töten", sagte er. "Ich wollte nur, dass sie schläft."

"Für immer?", fragte der Kommissar.

"Vielleicht."

Vor Gericht erklärte er seine Tat. Sabrina habe ihn zerstört, beruflich und privat. Er habe einen Moment lang die Kontrolle verloren. "Es war ein Impuls", sagte er. "Ein schrecklicher Fehler."

Die Staatsanwältin sah das anders. "Dr. Neuber hat seine Position missbraucht", sagte sie. "Er hat seine Frau ermordet, kalt und berechnet."

Das Gericht folgte der Anklage. Mord, Heimtücke, Missbrauch des Vertrauens. Lebenslange Haft. Dr. Neuber nickte, als das Urteil verkündet wurde.

"Haben Sie etwas zu sagen?", fragte die Richterin.

Dr. Neuber stand auf. "Sabrina wollte immer die Wahrheit", sagte er. "Jetzt kennt sie sie."

Im Gefängnis arbeitet Dr. Neuber in der Wäscherei. Keine Medizin mehr, keine Verantwortung, keine Leben in seinen Händen. Er faltet Laken, sortiert Handtücher, macht saubere Sachen schmutzig.

Nachts träumt er manchmal von Sabrina. Sie liegt auf dem Operationstisch und zählt rückwärts. "Zehn, neun, acht..."

Aber sie kommt nie bei null an. Sie schläft für immer, und er ist schuld.

Der Schlaf, denkt er, ist der kleine Bruder des Todes. Manchmal wird aus dem kleinen Bruder der große.

---

10. Die Sprechstunde

Dr. Maria Kellner führte eine Hausarztpraxis in einem kleinen Ort bei München. Seit dreißig Jahren kannte sie ihre Patienten, ihre Familien, ihre Geschichten. Sie war mehr als eine Ärztin. Sie war Vertraute, Beichtmutter, manchmal die letzte Hoffnung.

Ihr Mann Peter war Apotheker. Zusammen bildeten sie das medizinische Zentrum des Ortes. Er verkaufte die Medikamente, die sie verschrieb. Sie heilte die Menschen, die er mit Rat und Tabletten versorgte. Ein perfektes Team, dreißig Jahre lang.

Bis Peter sich in seine Helferin verliebte. Sandra, zweiundzwanzig Jahre alt, blonde Haare, strahlende Augen. Jung genug, um seine Tochter zu sein. "Es ist nicht geplant passiert", sagte Peter. "Ich kann nichts dafür."

Dr. Kellner saß in ihrem Sprechzimmer und hörte zu. Wie bei einem Patienten, der seine Symptome schildert. "Wie lange?", fragte sie.

"Sechs Monate."

"Und was willst du jetzt?"

"Die Scheidung. Sandra und ich wollen zusammenziehen."

Dr. Kellner nickte. Eine klare Diagnose, eine eindeutige Prognose. Die Ehe war unheilbar krank. "Was ist mit der Praxis?"

"Du bekommst sie. Ich verkaufe die Apotheke, zieh mit Sandra weg. Neuanfang."

Neuanfang. Mit zweiundzwanzig war alles ein Neuanfang. Mit zweiundfünfzig war alles ein Ende.

Die Scheidung zog sich hin. Peter wollte fair sein, aber fair bedeutete auch: die Hälfte vom gemeinsamen Vermögen, die Hälfte der Ersparnisse, die Hälfte des Lebens. Dr. Kellner behielt die Praxis und die Schulden.

An einem Donnerstag im September kam Sandra in die Praxis. "Ich brauch die Pille", sagte sie. "Für den Urlaub mit Peter."

Dr. Kellner sah das junge Mädchen an. Hübsch, unschuldig, verliebt. Wie sie selbst vor dreißig Jahren. "Warst du schon mal beim Frauenarzt?", fragte sie.

"Nein. Peter sagt, du machst das."

"Peter sagt das?"

Sandra nickte. "Er vertraut dir. Wir vertrauen dir beide."

Dr. Kellner untersuchte Sandra. Gesund, jung, fruchtbar. Perfekt für Kinder, für eine Familie, für ein neues Leben mit Peter. "Ich verschreib dir was", sagte sie.

Sandra bekam ein Rezept. Antibabypille, wie gewünscht. Nur dass es keine Antibabypille war. Dr. Kellner hatte Hormone verschrieben, die genau das Gegenteil bewirkten. Fruchtbarkeitshormone.

"Danke", sagte Sandra. "Peter hat gesagt, du bist die beste Ärztin weit und breit."

"Peter übertreibt", sagte Dr. Kellner.

Drei Wochen später kam Sandra wieder. "Mir ist übel", sagte sie. "Seit Tagen."

Dr. Kellner untersuchte sie. Schwangerschaftstest positiv. "Du bekommst ein Kind", sagte sie.

Sandra wurde blass. "Das ist nicht möglich. Ich nehm doch die Pille."

"Manchmal versagt sie. Passiert."

Sandra weinte. "Peter wird toben. Wir wollten keine Kinder. Nicht jetzt."

"Was willst du tun?"

"Abtreibung. Sofort."

Dr. Kellner nickte. "Das kann ich nicht machen. Dafür musst du in die Klinik."

Sandra fuhr nach München, zur Beratung, zum Termin. Aber die Abtreibung fand nicht statt. Dr. Kellner hatte der Klinik geschrieben, Sandra sei psychisch labil, nicht einwilligungsfähig. Eine Abtreibung sei nicht verantwortbar.

"Was soll das?", rief Peter an. "Warum hilfst du uns nicht?"

"Ich bin Ärztin", sagte Dr. Kellner. "Ich töte keine Kinder."

"Es ist nicht dein Kind!"

"Nein. Aber es ist meine Entscheidung."

Peter kam in die Praxis. Er war wütend, verzweifelt, am Ende. "Maria, bitte. Sandra ist am Boden zerstört. Sie will das Kind nicht."

"Das wird sie."

"Nein, wird sie nicht. Sie ist zweiundzwanzig. Sie will leben, reisen, Spaß haben."

"Mit dir."

Peter sah sie an. Dreißig Jahre Ehe, und er erkannte sie nicht mehr. "Was ist mit dir passiert?"

"Nichts. Ich bin nur ehrlich geworden."

Sandra bekam das Kind. Einen Jungen, gesund und stark. Peter verließ sie noch im Krankenhaus. "Ich kann das nicht", sagte er. "Tut mir leid."

Sandra blieb allein mit dem Kind. Sie zog zurück zu ihren Eltern, lebte von Sozialhilfe, träumte von einem Leben, das es nie geben würde.

Ein Jahr später kam sie wieder in die Praxis. Das Baby war krank, Fieber, Atemnot. Dr. Kellner untersuchte es. "Lungenentzündung", sagte sie. "Nicht schlimm."

Sie verschrieb Antibiotika. Aber Sandra bekam das falsche Medikament. Statt Penicillin bekam sie ein Präparat, gegen das das Baby allergisch war.

Das Kind starb in der Nacht. Herzversagen nach allergischer Reaktion. Sandra rief um vier Uhr morgens an. "Es atmet nicht mehr", schrie sie.

Dr. Kellner kam sofort. Aber es war zu spät. Das Baby lag still in seinem Bett, die Augen geschlossen, die Lippen blau.

"Warum?", fragte Sandra. "Warum musste es sterben?"

"Manchmal passiert das", sagte Dr. Kellner. "Kinder sind zerbrechlich."

Die Obduktion zeigte die allergische Reaktion. Ein tragischer Unfall, befand der Gutachter. Dr. Kellner hatte das richtige Medikament verschrieben, die Apotheke hatte das falsche ausgehändigt.

Aber Sandra gab nicht auf. Sie recherchierte, fragte nach, fand die Wahrheit. Dr. Kellner hatte zwei Rezepte geschrieben. Eins für die Akte, eins für die Apotheke.

"Sie haben mein Kind ermordet", sagte Sandra vor Gericht.

"Ich hab versucht zu helfen", sagte Dr. Kellner.

"Sie haben gelogen, betrogen, getötet. Alles aus Rache."

Dr. Kellner schwieg. Was sollte sie sagen? Dass Sandra recht hatte? Dass sie Peters Glück zerstören wollte? Dass sie ein Kind getötet hatte, um eine Frau zu bestrafen?

Das Gericht sah Mord. Heimtückisch, aus niedrigen Beweggründen. Lebenslange Haft. Dr. Kellner nahm das Urteil ohne Emotion entgegen.

"Warum?", fragte die Richterin. "Warum haben Sie das getan?"

Dr. Kellner dachte nach. "Weil ich Ärztin bin", sagte sie schließlich. "Ich sollte Leben retten. Aber manchmal rette ich das falsche Leben."

Im Gefängnis arbeitet Dr. Kellner in der Bibliothek. Sie katalogisiert Bücher, sortiert Geschichten, ordnet fremde Leben. Keine Medizin mehr, keine Verantwortung, keine Patienten.

Manchmal denkt sie an Sandra, an das tote Baby, an Peter. An Leben, die sie hätte retten können. Aber nicht wollte.

Die Medizin, denkt sie, ist auch eine Waffe. Man muss nur wissen, wie man sie benutzt.

11.Das Münster

Professor Wolfgang Hartmann lehrte Kunstgeschichte an der Albert-Ludwigs-Universität Freiburg. Sein Spezialgebiet war die Gotik, und sein Lebenswerk war das Freiburger Münster. Vierzig Jahre lang hatte er über die Kathedrale geforscht, geschrieben, gelehrt. Das Münster war seine Leidenschaft, seine Obsession, sein Leben.

Seine Frau Petra war Touristenführerin. Sie führte Besucher durch die Altstadt, erzählte von der Geschichte, von den Bächle, von den Steinen, die Wolfgang so liebte. Zwanzig Jahre lang hatten sie Freiburg zwischen sich geteilt. Er die Wissenschaft, sie die Menschen.

An einem Herbstmorgen, als der Nebel über den Schlossberg zog, sagte Petra: "Ich ziehe aus."

Wolfgang stand am Fenster seines Büros im Kollegiengebäude I und sah hinüber zum Münster. Der Turm ragte in den grauen Himmel, unverändert seit sechshundert Jahren. "Warum?", fragte er.

"Weil du mich nicht mehr siehst. Du siehst nur noch deine Steine."

"Das sind nicht nur Steine. Das ist Geschichte, Kultur, Ewigkeit."

"Für mich sind es Steine."

Petra war bereits ausgezogen, bevor Wolfgang es richtig begriff. Sie hatte eine Wohnung am Augustinerplatz genommen, direkt neben dem Museum.

"Ich führe jetzt private Touren", sagte sie. "Für Amerikaner, Japaner. Die zahlen besser."

Die Scheidung war bitter. Petra wollte die Hälfte seines Professorengehalts, die Hälfte der Pension, die Hälfte der Zukunft. "Du kannst ja deine Steine heiraten", sagte sie.

Wolfgang verbrachte immer mehr Zeit im Münster. Er saß in den Bänken, starrte auf das Altarbild, lauschte der Stille. Abends, wenn die Touristen weg waren, gehörte die Kathedrale ihm allein.

An einem Dezemberabend sah er Petra im Münster. Sie führte eine Gruppe von Geschäftsleuten durch die Kirche, sprach über Architektur, über Geschichte. Seine Geschichte.

"Der Turm ist 116 Meter hoch", sagte sie. "Der schönste Kirchturm der Christenheit, wie Jacob Burckhardt sagte."

Wolfgang trat aus dem Schatten. "Das war nicht Burckhardt", sagte er. "Das war Goethe."

Petra sah ihn erschrocken an. "Wolfgang. Was machst du hier?"

"Ich arbeite hier. Wie jeden Tag."

Die Touristen sahen zwischen ihnen hin und her. Ehekrach in der Kathedrale, eine unerwartete Attraktion.

"Können wir das später klären?", fragte Petra.

"Nein. Du erzählst Lügen über mein Münster."

"Es ist nicht dein Münster."

"Doch. Ist es."

Wolfgang folgte der Gruppe, korrigierte jeden Fehler, jede Ungenauigkeit. Petra wurde nervös, die

Touristen verwirrt. Nach einer halben Stunde gab sie auf.

"Die Führung ist beendet", sagte sie. "Entschuldigung."

Die Gruppe verschwand, Wolfgang und Petra blieben allein im Münster. Das Licht der Kerzen flackerte auf den Steinsäulen, warf Schatten an die Wände.

"Du zerstörst meine Arbeit", sagte Petra.

"Du zerstörst mein Lebenswerk."

"Dein Lebenswerk? Das sind doch nur Steine!"

Wolfgang sah sie an. Die Frau, die er geliebt hatte, die ihn verlassen hatte, die nicht verstand. "Nur Steine?", fragte er.

"Ja. Tote Steine."

Wolfgang ging zum Altar, nahm eines der schweren Messingkruzifixe. Acht Kilo Bronze, sechshundert Jahre alt. Ein Kunstwerk, ein Heiligtum, eine Waffe.

"Wolfgang, was machst du?"

"Ich zeige dir, was Steine können."

Petra sah das Kruzifix, sah seine Augen, sah ihren Tod. Sie rannte zur Tür, aber Wolfgang war schneller. Das Kruzifix traf sie am Hinterkopf, einmal, zweimal. Petra fiel zwischen die Kirchenbänke, ihr Blut tropfte auf die alten Steine.

Wolfgang setzte sich neben sie und betete. Zum ersten Mal seit Jahren betete er wirklich. Für Petra, für sich, für die Steine, die Zeuge geworden waren.

Die Polizei fand sie am nächsten Morgen. Wolfgang saß noch immer da, das Kruzifix in den

Händen. "Sie hat gesagt, es sind nur Steine", erklärte er dem Kommissar.

"Und deswegen haben Sie sie getötet?"

"Nein. Weil sie nicht verstanden hat, dass Steine leben können."

Vor Gericht sprach Wolfgang über das Münster, über die Jahrhunderte, die in den Steinen gespeichert waren. "Petra hat das alles geleugnet", sagte er. "Sie hat die Geschichte ermordet."

"Sie haben Ihre Frau ermordet", sagte die Staatsanwältin.

"Ich hab die Geschichte verteidigt."

Das Gericht verurteilte ihn zu fünfzehn Jahren Haft wegen Totschlags. Wolfgang nahm das Urteil ruhig entgegen. "Kann ich das Münster besuchen?", fragte er. "Im Hafturlaub?"

"Nein", sagte die Richterin. "Das Münster ist für Sie gesperrt."

Wolfgang weinte zum ersten Mal seit der Tat. Nicht wegen Petra, sondern wegen der Steine, die er nie wieder sehen würde.

Im Gefängnis arbeitet Wolfgang in der Schreinerei. Er schnitzt Kruzifixe aus Holz, kleine, einfache. Aber sie sind nur Holz, nicht Bronze. Sie haben keine Geschichte, keine Seele.

Manchmal träumt er vom Münster. Von den Türmen, den Fenstern, den Steinen, die älter sind als Liebe und Hass. Wenn er aufwacht, ist er wieder im Gefängnis.

Die Steine, denkt er, überdauern alles. Menschen, Liebe, Leben. Nur die Steine bleiben.

12. Die Bächle

Martin Koller war Stadtführer in Freiburg. Er kannte jeden Winkel der Altstadt, jede Geschichte, jede Legende. Besonders liebte er die Bächle, die kleinen Wasserrinnen, die seit dem Mittelalter durch die Gassen flossen. "Wer in die Bächle tritt", erzählte er den Touristen, "heiratet eine Freiburgerin."

Seine Frau Susanne war Freiburgerin, geboren und aufgewachsen in der Stadt. Sie hatten sich kennengelernt, als er als junger Student in ein Bächle getreten war. "Siehst du", hatte sie gesagt und gelacht, "es funktioniert."

Das war vor fünfundzwanzig Jahren gewesen. Jetzt lachte Susanne nicht mehr. Sie arbeitete als Sekretärin in einer Anwaltskanzlei und träumte von einem Leben außerhalb Freiburgs. "Ich will weg", sagte sie an einem Frühlingsmorgen. "Raus aus dieser Stadt, raus aus diesem Leben."

Martin stand am Augustinerplatz und sah zu, wie das Wasser durch die Bächle floss. Immer dasselbe Wasser, immer derselbe Weg. Wie sein Leben. "Wohin willst du?", fragte er.

"Hamburg. Berlin. Irgendwo, wo es keine Bächle gibt."

"Aber hier ist dein Zuhause."

"Nein. Hier ist mein Gefängnis."

Die Scheidung war schnell. Susanne wollte nichts vom gemeinsamen Leben, nur die Freiheit.

"Du kannst die Wohnung behalten", sagte sie. "Und deine Geschichten."

Martin blieb allein in der Wohnung in der Konviktstraße. Jeden Morgen ging er zur Arbeit, führte Touristen durch die Stadt, erzählte dieselben Geschichten. Aber abends war er allein mit den Bächle und ihren Geschichten.

An einem Juniabend traf er Susanne am Martinstor. Sie war mit einem Mann zusammen, einem Hamburger Geschäftsmann, der sie besucht hatte. "Das ist Jörg", sagte sie. "Wir ziehen zusammen nach Hamburg."

Martin sah den Mann an. Anzug, teure Schuhe, Rolex. Alles, was er nicht war. "Schön für euch", sagte er.

"Martin, es tut mir leid. Aber ich kann nicht anders."

"Ich weiß."

Sie gingen durch die Altstadt, die drei zusammen. Jörg fotografierte alles, stellte Fragen, bewunderte die mittelalterlichen Häuser. "Charming", sagte er immer wieder. "Very charming."

Sie kamen zum Oberlinden, wo die Bächle besonders breit waren. Jörg wollte ein Foto machen, Susanne und sich vor dem Wasserlauf. "Careful", sagte Martin. "Don't step into the water."

"Why not?"

"Wenn man in die Bächle tritt, heiratet man eine Freiburgerin."

Jörg lachte. "Superstition. I don't believe in that."

Aber als er das Foto machte, trat er ins Wasser. Das Bächle war tief genug, um seine teuren Schuhe zu durchnässen. "Damn", sagte er.

"Jetzt musst du Susanne heiraten", sagte Martin.

"We will", sagte Jörg. "In Hamburg."

Martin sah das Wasser, das über Jörgs Schuhe floss. Dasselbe Wasser, das seit Jahrhunderten durch die Stadt floss. Das Wasser kannte alle Geheimnisse, alle Geschichten, alle Träume, die in seinen Rinnen ertrunken waren.

"Das Wasser ist schmutzig", sagte Martin. "Man sollte es nicht trinken."

"Why?"

"Bacteria. Very dangerous."

Das war gelogen. Das Wasser der Bächle war sauber, trinkbar. Aber Martin dachte an etwas anderes. An die Rattengifte, die er als Stadtführer kannte. An die Chemikalien, die in den Kellern alter Häuser lagerten. An Substanzen, die das Wasser verseuchten, ohne dass man es sah.

Am nächsten Tag führte Martin eine Gruppe amerikanischer Touristen durch die Stadt. Sie hörten seine Geschichten, stellten Fragen, machten Fotos. Beim Münsterplatz erzählte er von den Bächle, von ihrer Geschichte, ihrer Bedeutung.

"Are they clean?", fragte eine Touristin.

"Very clean", sagte Martin. "You can drink the water."

Aber das stimmte heute nicht. In der Nacht hatte Martin etwas ins Wasser geschüttet. Zyankali, ein paar Tropfen nur, in das Bächle am Oberlinden.

Das Wasser floss weiter, durch die ganze Altstadt, verdünnte das Gift, verteilte es.

Susanne und Jörg gingen mittags durch die Stadt. Es war heiß, sie hatten Durst. Am Oberlinden beugte sich Jörg über das Bächle und trank. "It's cold", sagte er. "Refreshing."

Eine Stunde später brach er zusammen. Herzversagen, sagten die Ärzte im Universitätsklinikum. "Hat er etwas Besonderes gegessen oder getrunken?", fragten sie Susanne.

"Nur Wasser", sagte sie. "Aus den Bächle."

Die Ärzte schüttelten den Kopf. "Das Wasser ist sauber. Wir untersuchen es regelmäßig."

Aber die Obduktion zeigte Zyankali im Blut. Die Polizei untersuchte das Wasser, fand Spuren des Gifts. Aber nur noch winzige Mengen, fast nicht mehr nachweisbar.

"Wer hätte Zugang zu den Bächle?", fragte der Kommissar.

Susanne dachte nach. "Alle. Es ist eine offene Stadt."

Aber dann erinnerte sie sich an Martin, an sein Gesicht, als er Jörg sah. An seine Worte über das schmutzige Wasser. An seine Eifersucht, seine Verzweiflung, seine Liebe.

Martin gestand sofort. "Ich wollte ihn nicht töten", sagte er. "Ich wollte nur, dass er die Stadt verlässt."

"Mit Zyankali?"

"Das war zu viel. Ich hab mich verrechnet."

Vor Gericht erklärte Martin seine Tat. Jörg habe Susanne entführt, aus ihrer Heimat weglocken wollen. "Ich hab die Stadt verteidigt", sagte er. "Ihre Tradition, ihre Magie."

"Sie haben einen unschuldigen Menschen ermordet", sagte die Staatsanwältin.

"Er war nicht unschuldig. Er hat Susanne gestohlen."

Das Gericht sah Mord, heimtückisch und aus niedrigen Beweggründen. Lebenslange Haft. Martin nickte, als das Urteil verkündet wurde.

"Bereuen Sie Ihre Tat?", fragte die Richterin.

Martin dachte an die Bächle, an das Wasser, das immer weiter floss. "Das Wasser vergisst nichts", sagte er. "Es erinnert sich an alles."

Im Gefängnis arbeitet Martin in der Küche. Er wäscht Gemüse, spült Geschirr, lässt Wasser über seine Hände laufen. Aber es ist nicht dasselbe Wasser. Es hat keine Geschichte, keine Erinnerung, keine Magie.

Susanne besucht ihn einmal im Jahr. Sie lebt jetzt in Hamburg, arbeitet in einem Büro, hat die Bächle vergessen. "Es tut mir leid", sagt sie immer.

"Mir auch", sagt Martin. "Aber das Wasser vergisst nicht."

Die Bächle fließen weiter durch Freiburg. Touristen treten hinein, verlieben sich, heiraten. Das Wasser erinnert sich an alle Geschichten. Auch an die, die mit dem Tod endeten.

13. Der Schlossberg

Dr. Andreas Weber war Geologe an einer bekannten Universität in Deutschland. Er erforschte die Gesteine des Schwarzwalds, die Erdbeben, die tektonischen Verschiebungen. Der Schlossberg war sein Labor, seine Leidenschaft, sein zweites Zuhause.

Seine Frau Claudia war Lehrerin. Sie unterrichtete Biologie am Gymnasium und liebte die Natur. Zwölf Jahre lang waren sie gemeinsam auf den Schlossberg gewandert, hatten Steine gesammelt, Pflanzen bestimmt, die Welt erforscht.

Bis Claudia einen anderen fand. Einen Bergführer aus dem Schwarzwald, der ihr andere Berge zeigte, andere Horizonte. "Ich brauch Weite", sagte sie. "Nicht nur diesen einen Berg."

Andreas stand auf dem Schlossberg und sah über Freiburg hinweg. Die Stadt lag ihm zu Füßen, klein und verletzlich. Er kannte jeden Stein unter seinen Füßen, jede Schicht, jede geologische Epoche. Aber er verstand nicht, warum Claudia ging.

"Es ist nicht deine Schuld", sagte sie. "Ich bin nur zu klein für deine große Liebe."

"Welche große Liebe?"

"Zu den Steinen. Du liebst sie mehr als mich."

Die Scheidung war einfach. Claudia wollte nur weg, schnell und vollständig. Sie zog mit dem Bergführer in ein Haus am Feldberg, hoch oben, wo die Luft dünn war und die Sicht weit.

Andreas blieb allein auf dem Schlossberg. Er arbeitete an seiner Forschung, untersuchte Gesteinsproben, kartierte Verwerfungen. Der Berg war stabil, hatte er immer gedacht. Aber unter der Oberfläche bewegte sich alles.

An einem Septemberabend sah er Claudia auf dem Schlossberg. Sie war mit einer Wandergruppe gekommen, Touristen aus Stuttgart, die den Sonnenuntergang sehen wollten. Claudia führte sie, erklärte die Pflanzen, die Tiere, die Aussicht.

"Der Schlossberg ist 456 Meter hoch", sagte sie. "Von hier hat man den schönsten Blick auf Freiburg."

Andreas trat aus dem Gebüsch. "Du hast vergessen zu erwähnen, dass der Berg geologisch instabil ist", sagte er.

Claudia erschrak. "Andreas. Was machst du hier?"

"Ich arbeite hier. Wie immer."

Die Touristen wurden unruhig. "Instabil?", fragte einer. "Ist das gefährlich?"

"Sehr gefährlich", sagte Andreas. "Der ganze Berg könnte rutschen. Jederzeit."

Das war gelogen. Der Schlossberg war stabil, seit Millionen von Jahren. Aber Andreas wollte Claudia zeigen, wie es war, wenn man keine Sicherheit hatte.

"Das stimmt nicht", sagte Claudia. "Er übertreibt."

"Ich bin Geologe", sagte Andreas. "Ich kenne die Messungen."

Die Touristen verließen schnell den Berg. Claudia blieb mit Andreas allein auf dem Aussichtspunkt. Die Sonne ging unter, tauchte die Stadt in rotes Licht.

"Warum machst du das?", fragte Claudia.

"Du hast meinen Berg verlassen. Jetzt verlassen alle meinen Berg."

"Es ist nicht dein Berg."

"Doch. Ist er."

Andreas zeigte ihr seine Forschung, die Messgeräte, die Bohrkerne. Zwanzig Jahre Arbeit, zwanzig Jahre Leben in den Steinen. "Siehst du?", sagte er. "Ich hab den Berg erforscht. Ich kenne ihn besser als jeden Menschen."

"Besser als mich?"

"Ja. Besser als dich."

Claudia sah auf die Stadt hinab. "Weißt du, was dein Problem ist?", sagte sie. "Du denkst in geologischen Zeiträumen. Millionen von Jahren. Aber ich bin nur ein Mensch. Ich hab nur ein Leben."

"Und das willst du mit einem anderen verbringen."

"Ja."

Andreas nahm einen Stein, schwer und scharfkantig. Basalt aus dem Tertiär, vierzig Millionen Jahre alt. "Dieser Stein war hier, bevor es Menschen gab", sagte er. "Er wird hier sein, wenn wir alle tot sind."

"Und?"

"Und er ist wichtiger als wir."

Claudia sah den Stein, sah seine Augen, sah ihren Tod. Sie rannte zum Weg, aber Andreas war schneller. Der Stein traf sie am Kopf, warf sie zu Boden. Sie rollte den Abhang hinunter, zwischen die Bäume, verschwand in der Dunkelheit.

Andreas stieg hinunter, suchte sie, fand sie zwischen den Wurzeln einer alten Buche. Sie lebte noch, atmete schwach, blutete aus einer Kopfwunde.

"Hilf mir", flüsterte sie.

Andreas kniete neben ihr. "Du wolltest doch weg", sagte er. "Andere Berge sehen."

"Bitte..."

"Jetzt siehst du sie. Für immer."

Claudia starb, als die Sterne aufgingen. Andreas bedeckte sie mit Steinen, Schicht für Schicht. Wie ein geologisches Profil, wie eine Datierung.

Die Polizei fand sie drei Tage später. Andreas hatte sie gemeldet. "Sie ist abgestürzt", sagte er. "Beim Wandern. Ich hab versucht zu helfen."

Aber die Rechtsmedizin zeigte: Claudia war erschlagen worden, mit einem stumpfen Gegenstand. Andreas gestand nach einer Woche.

"Warum haben Sie Ihre Frau getötet?", fragte der Kommissar.

"Ich hab sie nicht getötet. Ich hab sie dem Berg zurückgegeben."

Vor Gericht erklärte Andreas seine Tat. Claudia habe den Berg verlassen, verraten, in schlechtes Licht gerückt. "Sie hat die Natur nicht respektiert", sagte er.

"Sie haben Ihre Frau nicht respektiert", sagte die Staatsanwältin.

"Doch. Ich hab sie unsterblich gemacht. Jetzt ist sie Teil des Berges."

Das Gericht verurteilte ihn zu achtzehn Jahren Haft. Andreas nahm das Urteil ruhig entgegen. "Kann ich meine Forschung fortsetzen?", fragte er. "Im Gefängnis?"

"Nein", sagte die Richterin. "Ihre Forschung ist beendet."

Im Gefängnis arbeitet Andreas im Garten. Er gräbt Beete, pflanzt Blumen, bewegt Erde. Aber es ist nicht derselbe Boden. Er hat keine Geschichte, keine Schichten, keine Geheimnisse.

Manchmal träumt er vom Schlossberg. Von Claudia, die zwischen den Steinen liegt, Teil der Ewigkeit geworden ist. Wenn er aufwacht, ist er wieder im Gefängnis.

Die Steine, denkt er, sind geduldiger als Menschen. Sie warten, bis alles vergangen ist. Dann erzählen sie ihre Geschichten.

---

14. Der Seepark

Julia Hoffmann war Landschaftsarchitektin. Sie hatte den Seepark in Freiburg mitentworfen, die Grünflächen, die Wege, den künstlichen See. Zwanzig Jahre lang hatte sie an dem Park gearbeitet, ihn gepflegt, geliebt wie ein Kind.

Ihr Mann Ralf war Bauingenieur. Er hatte die technischen Anlagen des Parks gebaut, die Drainage, die Pumpen, die Wasserzirkulation. Gemeinsam hatten sie ein kleines Paradies geschaffen, einen Ort der Ruhe in der Stadt.

Bis Ralf eine andere fand. Eine junge Architektin aus seinem Büro, die andere Pläne hatte, andere Träume. "Ich will neu anfangen", sagte er. "Andere Projekte, andere Herausforderungen."

"Was ist mit unserem Park?", fragte Julia.

"Der ist fertig. Abgeschlossen. Wie wir."

Julia ging durch den Seepark und sah ihre Arbeit. Die Bäume, die sie gepflanzt hatte, waren groß geworden. Die Wege, die sie geplant hatte, wurden von Joggern und Spaziergängern genutzt. Der See spiegelte den Himmel, friedlich und schön.

Die Scheidung zog sich hin. Ralf wollte das gemeinsame Büro, die Hälfte der Aufträge, die Hälfte der Zukunft. "Du kannst ja weiter Gärten planen", sagte er. "Für Privatleute."

Aber Julia wollte keine Privatgärten. Sie wollte große Projekte, öffentliche Räume, Parks, die Generationen überdauerten. Sie wollte ihren Traum.

An einem Oktoberabend traf sie Ralf im Seepark. Er war mit seiner neuen Freundin gekommen, zeigte ihr die Anlage. "Das haben wir zusammengebaut", sagte er. "Julia und ich."

Die junge Frau bewunderte die Architektur, die Pflanzen, die Harmonie des Ganzen. "Ihr seid ein gutes Team", sagte sie.

"Waren", sagte Ralf. "Jetzt arbeite ich allein."

Julia trat aus dem Schatten der Bäume. "Nicht ganz allein", sagte sie.

Ralf erschrak. "Julia. Was machst du hier?"

"Ich besuche meinen Park."

"Es ist nicht dein Park."

"Doch. Ist er."

Sie gingen um den See, die drei zusammen. Julia erklärte jede Pflanze, jeden Weg, jeden Gedanken, der in die Planung eingeflossen war. "Siehst du den Ahornbaum dort?", sagte sie. "Den hab ich gepflanzt, als wir geheiratet haben."

Ralf schwieg. Er erinnerte sich an den Tag, an ihre Hoffnungen, ihre Pläne. An die Zeit, als sie noch ein Team waren.

"Und die Brücke?", fragte die junge Frau.

"Die war Ralfs Idee", sagte Julia. "Stahl und Holz, eine perfekte Verbindung."

Sie standen auf der Brücke und sahen auf den See. Das Wasser war dunkel, spiegelte die Lichter der Stadt. Julia kannte jeden Zentimeter des Sees, seine Tiefe, seine Strömungen, seine Geheimnisse.

"Der See ist künstlich", sagte sie. "Wir haben ihn gebaut. Wir können ihn auch zerstören."

"Warum sollten wir das tun?", fragte die junge Frau.

"Weil manche Dinge nicht überleben sollen."

Julia zeigte auf die Pumpen, die das Wasser zirkulierten. "Wenn man die Pumpen abstellt, kippt der See um. Das Wasser wird faul, stinkt, stirbt."

"Das würdest du nicht tun", sagte Ralf.

"Warum nicht? Du zerstörst auch, was wir aufgebaut haben."

Es war Nacht geworden. Die junge Frau fror, wollte nach Hause. "Ich warte im Auto", sagte sie und ging.

Julia und Ralf blieben allein auf der Brücke. Das Wasser unter ihnen war schwarz, undurchdringlich. Wie die Zukunft.

"Es tut mir leid", sagte Ralf. "Aber ich kann nicht anders."

"Ich weiß."

Julia sah auf das Wasser, das sie erschaffen hatten. Ihr gemeinsames Kind, ihr Vermächtnis. "Weißt du noch, was du gesagt hast, als wir den See gefüllt haben?"

"Nein."

"Du hast gesagt: Jetzt sind wir wie Gott. Wir erschaffen Leben."

Ralf nickte. "Ich erinnere mich."

"Und was macht Gott, wenn seine Schöpfung ihn enttäuscht?"

"Julia..."

Aber Julia hatte schon entschieden. Sie stieß Ralf von der Brücke, ins dunkle Wasser. Er schrie, kämpfte, rief um Hilfe. Aber das Wasser war kalt, seine Kleider schwer, seine Kraft zu gering.

Julia sah zu, wie er ertrank. Ihr Mann, ihr Partner, ihr Verräter. Das Wasser nahm ihn auf, wie es alles aufnahm. Ohne Urteil, ohne Gnade.

Die junge Frau kam zurück, suchte Ralf, fand Julia allein auf der Brücke. "Wo ist er?", fragte sie.

"Ertrunken", sagte Julia. "Er ist ins Wasser gefallen."

Die Polizei fand Ralfs Leiche am nächsten Morgen. Er trieb am Ufer, zwischen den Seerosen, die Julia gepflanzt hatte. "Ein Unfall?", fragte der Kommissar.

"Er konnte nicht schwimmen", sagte Julia. "Hat er nie gelernt."

Aber die Obduktion zeigte Kampfspuren, Verletzungen, die nicht zu einem Sturz passten. Die junge Frau erinnerte sich an Julias Worte, an ihren Blick, an ihre Drohung.

Julia gestand schließlich. "Ich hab ihn nicht getötet", sagte sie. "Der See hat ihn getötet."

"Sie haben ihn ins Wasser gestoßen."

"Ich hab ihn nach Hause geschickt."

Vor Gericht erklärte Julia ihre Tat. Ralf habe ihren Park verraten, ihre Liebe, ihr Leben. "Wir haben zusammen erschaffen", sagte sie. "Wir sollten zusammen vergehen."

"Sie haben Ihren Mann ermordet', sagte die Staatsanwältin.

"Ich hab ihn dem See zurückgegeben."

Das Gericht verurteilte sie zu lebenslanger Haft. Julia nahm das Urteil ohne Tränen entgegen. "Kann ich den Park besuchen?", fragte sie. "Manchmal?"

"Nein", sagte die Richterin. "Der Park ist für Sie gesperrt."

Im Gefängnis arbeitet Julia im Gewächshaus. Sie zieht Blumen, hegt Pflanzen, erschafft Leben in kleinem Maßstab. Aber es ist nicht dasselbe. Es hat keine Bedeutung, keine Dauer, keine Liebe.

Der Seepark existiert weiter. Andere Landschaftsarchitekten kümmern sich um ihn, verändern ihn, verbessern ihn. Julia kann es nicht sehen, aber sie weiß es.

Das Wasser, denkt sie, erinnert sich an alles. An Träume, die ertrunken sind. An Liebe, die zu tief war.

15. Das Vauban

Dr. Emma Richter war Stadtplanerin und lebte im Vauban, dem nachhaltigen Stadtviertel Freiburgs. Sie hatte mit an der Planung mitgearbeitet, an der Vision einer ökologischen Stadt, in der Menschen und Natur im Einklang lebten. Das Vauban war ihr Lebenswerk, ihre Utopie, ihre Realität.

Ihr Mann Tom war Softwareentwickler und Pragmatiker. Er liebte das Vauban wegen der Ruhe, der grünen Dächer, der autofreien Straßen. Aber er sah es als Wohnort, nicht als Mission. "Es ist nur ein Viertel", sagte er oft. "Nicht die Rettung der Welt."

Fünfzehn Jahre lang hatten sie im Vauban gelebt, in einem Passivhaus mit Solaranlage und Regenwassertank. Ihre Tochter Lisa war hier aufgewachsen, hatte mit anderen Kindern auf den Straßen gespielt, war zur Schule gelaufen, hatte die Natur geliebt.

Bis Lisa mit achtzehn auszog. Nach München, zum Studium, in eine WG ohne Öko-Ideologie. "Ich will normal leben", sagte sie. "Nicht in einem Laborversuch."

Emma war verletzt. Das Vauban war nicht nur ein Wohnort, es war eine Philosophie, eine bessere Welt. "Du verstehst nicht, was wir hier aufgebaut haben", sagte sie.

"Doch", sagte Lisa. "Einen goldenen Käfig."

Nach Lisas Auszug wurde die Ehe schwierig. Tom und Emma hatten sich auseinandergelebt, hatten nur noch die Tochter als Bindeglied gehabt. Jetzt waren sie allein in ihrem nachhaltigen Haus, das zu groß war für ihre kleine Liebe.

"Ich will auch weg", sagte Tom an einem Februarmorgen.

Emma sah aus dem Fenster auf die verschneiten Dächer des Viertels. Alles war weiß, rein, perfekt. "Wohin?"

"Weiß ich noch nicht. Irgendwo normal."

"Was ist nicht normal am Vauban?"

"Alles. Die Menschen, die Regeln, die ewige Diskussion über Nachhaltigkeit. Ich will einfach leben, ohne schlechtes Gewissen."

Tom zog in eine Wohnung in der Innenstadt. Eine Altbauwohnung ohne Wärmedämmung, ohne Solaranlage, ohne Vision. Emma blieb allein im Passivhaus zurück.

Die Scheidung war kompliziert. Das Haus im Vauban war wertvoll, besonders, umkämpft. Tom wollte verkaufen, den Erlös teilen. "Wir können uns beide was Neues kaufen", sagte er.

"Ich verkaufe nicht", sagte Emma. "Das Haus ist mein Leben."

"Es ist nur ein Haus."

"Nein. Es ist ein Symbol."

Die Verhandlungen zogen sich hin. Emma kämpfte um jeden Quadratmeter, jeden Solarpanel, jeden nachhaltigen Gedanken. Das Haus war mehr als Eigentum, es war ihre Identität.

An einem Maiabend kam Tom ins Vauban. Er wollte seine letzten Sachen holen, die Fotoalben, seine Bücher. Emma half ihm beim Packen, schwieg, litt.

"Es tut mir leid", sagte Tom. "Aber ich hab genug von der perfekten Welt."

"Es ist nicht perfekt", sagte Emma. "Es ist nur besser."

"Für wen?"

"Für alle. Für die Zukunft. Für Lisa."

Tom lachte bitter. "Lisa ist weg. Sie will nichts von unserer Zukunft."

Sie standen in der Küche mit den energiesparenden Geräten, den recycelten Materialien, den guten Absichten. Alles war durchdacht, nachhaltig, richtig. Und alles war leer.

"Weißt du, was dein Problem ist?", sagte Tom. "Du liebst die Idee mehr als die Menschen."

"Das ist nicht wahr."

"Doch. Du liebst das Vauban mehr als mich. Mehr als Lisa. Mehr als dich selbst."

Emma sah ihn an. Den Mann, den sie geheiratet hatte, der ihre Träume geteilt hatte, der sie jetzt verließ. "Und du?", fragte sie. "Was liebst du?"

"Nichts", sagte Tom. "Vielleicht ist das ehrlicher."

Er ging zur Tür, die Kartons in der Hand. Emma folgte ihm. Draußen war es still, das Vauban schlief seinen nachhaltigen Schlaf.

"Tom", sagte Emma.

Er drehte sich um. "Ja?"

"Das Haus hat eine Alarmanlage. Hochmodern, ökologisch. Solar betrieben."

"Und?"

"Wenn jemand einbricht, sendet sie Strom durch die Türklinke. Bis zu tausend Volt."

Tom lachte. "Das ist illegal."

"Nein. Das ist Notwehr."

Emma ging ins Haus zurück, aktivierte die Alarmanlage. Tom stand draußen und sah zu den Fenstern hinauf. Die Solaranlage auf dem Dach sammelte Mondlicht, speicherte Energie für den nächsten Tag.

Nach einer Stunde klopfte Tom an die Tür. "Emma, ich hab meine Schlüssel vergessen."

"Die brauchst du nicht mehr."

"Bitte. Mach auf."

Emma sah durch den Spion. Tom stand vor der Tür, müde, alt, besiegt. Der Mann, den sie geliebt hatte, der sie verlassen wollte.

"Emma, bitte!"

Sie hörte seine Stimme, seine Angst, seine Liebe. Aber sie öffnete nicht. Stattdessen erhöhte sie die Spannung der Alarmanlage. Auf Maximum.

Tom griff nach der Türklinke. Der Strom traf ihn mit voller Kraft, warf ihn zu Boden. Er schrie, kämpfte, zuckte. Dann war er still.

Emma öffnete die Tür. Tom lag auf der nachhaltigen Fußmatte, tot. Seine Hand war verbrannt, sein Herz war stehen geblieben. Saubere Energie, sauberer Tod.

Die Polizei kam am nächsten Morgen. "Ein Unfall?", fragte der Kommissar.

"Er wollte einbrechen", sagte Emma. "Die Alarmanlage hat funktioniert."

"Das war Ihr Mann."

"Mein Ex-Mann. Wir sind geschieden."

Aber die Untersuchung zeigte: Die Alarmanlage war manipuliert worden, die Spannung illegal erhöht. Emma gestand nach einer Woche.

"Warum haben Sie Ihren Mann getötet?", fragte der Kommissar.

"Ich hab ihn nicht getötet", sagte Emma. "Das Haus hat ihn getötet."

"Sie haben die Anlage manipuliert."

"Ich hab sie optimiert."

Vor Gericht erklärte Emma ihre Tat. Tom habe das Vauban verlassen wollen, ihre gemeinsame Vision verraten. "Er wollte zurück in die alte Welt", sagte sie. "Die Welt, die wir retten wollten."

"Sie haben Ihren Mann ermordet", sagte die Staatsanwältin.

"Ich hab die Zukunft verteidigt."

Das Gericht verurteilte sie zu zwanzig Jahren Haft. Emma nahm das Urteil ruhig entgegen. "Kann ich das Haus behalten?", fragte sie.

"Nein", sagte die Richterin. "Das Haus wird verkauft."

Das Haus im Vauban steht noch. Eine neue Familie lebt darin, Kinder spielen im Garten, die Solaranlage produziert sauberen Strom. Aber die Vision ist tot, begraben unter der Schuld.

Emma sitzt im Gefängnis und liest über Nachhaltigkeit, über die Zukunft, über bessere Welten. Aber sie wird sie nicht mehr erleben.

Die Utopie, denkt sie, ist zu schön für diese Welt. Und zu grausam für die Menschen, die in ihr leben sollen.

16. Die Kuckucksuhr

Heinrich Zimmermann war Uhrmacher in Waldbach, einem kleinen Dorf im mittleren Schwarzwald. Sein Vater hatte ihm das Handwerk beigebracht, sein Großvater hatte die Werkstatt gegründet. Drei Generationen lang tickten die Uhren der Familie Zimmermann in den Stuben der Schwarzwälder.

Seine Frau Gisela führte den Laden. Sie verkaufte die Uhren an Touristen, erklärte die Mechanik, erzählte die Geschichten. "Jede Uhr hat eine Seele", sagte sie immer. "Man muss nur hinhören."

Vierzig Jahre lang hatten sie zusammengearbeitet. Heinrich in der Werkstatt, Gisela im Laden. Das Ticken der Uhren war der Rhythmus ihres Lebens, gleichmäßig, beruhigend, ewig.

Bis Gisela eines Morgens sagte: "Ich kann das Ticken nicht mehr ertragen."

Heinrich sah von seiner Arbeit auf. Er reparierte gerade eine Kuckucksuhr aus dem 19. Jahrhundert. Das Werk war kompliziert, filigran, wunderschön. "Was meinst du?", fragte er.

"Das ewige Ticken. Tag und Nacht. Es macht mich verrückt."

"Es ist unser Leben."

"Nein. Es ist mein Gefängnis."

Gisela hatte einen Neurologen in Baden-Baden kennengelernt. Einen Mann, der in der Stille lebte, keine Uhren besaß, die Zeit vergaß. "Er hat mir gezeigt, wie es ist, frei zu sein", sagte sie.

Die Scheidung kam wie ein Schlag. Heinrich hatte sie nicht kommen sehen, so versunken war er in seine Uhren. Gisela wollte weg, schnell und endgültig. "Du kannst die Werkstatt behalten", sagte sie. "Und all deine Uhren."

"Was ist mit unserem Leben?"

"Unser Leben war nie real. Es war nur Zeit, die verging."

Heinrich blieb allein in der Werkstatt zurück. Die Uhren tickten weiter, hunderte von ihnen. Wanduhren, Standuhren, Tischuhren, Kuckucksuhren. Jede in ihrem eigenen Rhythmus, alle zusammen ein Orchester der Zeit.

An einem Novemberabend kam Gisela noch einmal. Sie wollte ihre Sachen holen, die letzten Erinnerungen. Heinrich arbeitete an einer besonderen Uhr, einem Meisterstück seines Großvaters. Eine Kuckucksuhr mit beweglichen Figuren, Musik und Glockenspiel.

"Erinnerst du dich?", fragte Heinrich. "Das war deine Lieblingsuhr."

Gisela sah die Uhr an. Die Holzschnitzereien, die tanzenden Paare, der kleine Kuckuck, der jede Stunde seine Runden drehte. "Ja", sagte sie. "Sie war schön."

"Sie ist kaputt. Das Werk ist blockiert. Ich versuche sie zu reparieren."

"Manche Dinge kann man nicht reparieren."

Heinrich öffnete das Gehäuse. Das Uhrwerk lag frei, hunderte winziger Zahnräder, Federn, Hebel. Ein mechanisches Wunder, das die Zeit maß und Leben gab.

"Siehst du das Problem?", fragte er. "Hier, diese kleine Feder. Sie ist gebrochen."

Gisela beugte sich über die Uhr. "Kann man sie ersetzen?"

"Nein. Diese Feder gibt es nur einmal. Wenn sie bricht, stirbt die Uhr."

"Dann stirbt sie eben."

Heinrich sah seine Frau an. Die Frau, die er geliebt hatte, die ihm half, die Zeit zu verstehen. "Du bist wie diese Feder", sagte er. "Einzigartig. Unersetzlich."

"Ich bin gebrochen, Heinrich. Ich funktioniere nicht mehr."

"Dann repariere ich dich."

Heinrich griff nach seinem Werkzeug. Nicht nach den feinen Schraubendrehern oder Pinzetten, sondern nach dem schweren Hammer, mit dem er störrische Gehäuse bearbeitete.

Gisela sah den Hammer, sah seine Augen, sah ihren Tod. "Heinrich, nein..."

Aber Heinrich hörte nur das Ticken der Uhren. Hunderte von Stimmen, die alle dasselbe sagten: Zeit ist Leben, Leben ist Zeit. Und seine Zeit mit Gisela war noch nicht abgelaufen.

Der Hammer traf Gisela am Kopf. Sie fiel zwischen die Uhren, ihr Blut tropfte auf die Werkbank, mischte sich mit dem Öl der Mechanismen.

Heinrich setzte sich neben sie und hörte zu. Das Ticken wurde langsamer, unregelmäßiger. Eine Uhr nach der anderen blieb stehen. Als wären ihre Herzen mit Giselas Herz verbunden.

Die Polizei fand ihn am nächsten Morgen. Heinrich saß noch immer bei Gisela, den Hammer in der Hand. Alle Uhren in der Werkstatt waren stehen geblieben. Um 22:17 Uhr.

"Warum haben Sie Ihre Frau getötet?", fragte der Kommissar.

"Sie war kaputt", sagte Heinrich. "Ich wollte sie reparieren."

Vor Gericht erklärte Heinrich seine Tat. Gisela sei wie eine defekte Uhr gewesen, ihre innere Feder gebrochen. "Ich kenne mich mit kaputten Sachen aus", sagte er. "Normalerweise kann ich sie reparieren."

"Sie haben Ihre Frau erschlagen", sagte die Staatsanwältin.

"Ich hab versucht, sie zum Ticken zu bringen."

Das Gericht verurteilte ihn zu vierzehn Jahren Haft wegen Totschlags. Heinrich nahm das Urteil ruhig entgegen. "Kann ich eine Uhr ins Gefängnis mitnehmen?", fragte er.

"Nein", sagte die Richterin. "Die Zeit müssen Sie anders verbringen."

In seiner Zelle ist es still. Keine Uhren, kein Ticken, keine Zeit. Heinrich liegt auf dem Bett und horcht in die Stille. Manchmal glaubt er, Giselas Herzschlag zu hören. Aber dann merkt er: Es ist sein eigener.

Die Werkstatt in Waldbach ist geschlossen. Die Uhren sind verkauft, verstreut, vergessen. Nur die Kuckucksuhr steht noch da, mit der gebrochenen Feder. Sie tickt nicht mehr. Ihre Zeit ist abgelaufen. Wie alle Zeit. Früher oder später.

17. Der Schwarzwaldhof

Martin Huber war Bauer auf dem Tannenhof, hoch über dem Dorf Buchental. Sein Hof lag auf tausend Metern Höhe, zwischen dunklen Tannen und weiten Wiesen. Seit dreihundert Jahren gehörte der Hof der Familie Huber. Martin war der letzte.

Seine Frau Sandra kam aus der Stadt, aus Stuttgart. Sie hatte den Hof romantisch gefunden, die Ruhe, die Natur, das einfache Leben. "Wie im Märchen", hatte sie gesagt, als sie heirateten.

Zwanzig Jahre später war das Märchen zu Ende. Sandra hatte genug von der Einsamkeit, von den langen Wintern, von der Arbeit ohne Ende. "Ich gehe zurück in die Stadt", sagte sie an einem Septembermorgen.

Martin stand im Stall und molk die Kühe. Die Tiere kannten seine Hände, vertrauten ihm, gaben ihm ihre Milch. "Und der Hof?", fragte er.

"Verkauf ihn. Oder lass ihn verfallen. Das ist mir egal."

"Es ist unser Hof."

"Nein. Es ist dein Hof. Es war immer nur dein Hof."

Sandra packte ihre Sachen und fuhr zurück nach Stuttgart. Zu ihrer Schwester, zu ihrem alten Leben, zu einer Welt ohne Kühe und Tannen und endlose Stille.

Martin blieb allein auf dem Hof zurück. Die Arbeit war zu viel für einen Menschen. Die Kühe wollten gemolken werden, die Felder gepflügt, das Heu eingebracht. Aber er schaffte es. Er hatte keine Wahl.

Die Scheidung zog sich hin. Sandra wollte die Hälfte des Hofes, den Wert in Geld. "Ich hab zwanzig Jahre meines Lebens investiert", sagte sie.

"Du hast zwanzig Jahre gelebt", sagte Martin. "Hier. Mit mir."

"Das war kein Leben. Das war Existenz."

Der Anwalt rechnete vor: Der Hof war zwei Millionen Euro wert. Das Land, die Gebäude, das Vieh. Sandra stand eine Million zu. "Verkaufen Sie", riet der Anwalt. "Es ist die einfachste Lösung."

Aber Martin konnte nicht verkaufen. Der Hof war mehr als Besitz. Er war Familie, Geschichte, Heimat. "Meine Vorfahren haben hier gelebt und sind hier gestorben", sagte er. "Das ist heiliger Boden."

An einem Dezemberabend kam Sandra auf den Hof. Sie brachte einen Makler mit, einen Mann im Anzug, der den Hof bewerten sollte. "Für die Scheidung", sagte sie.

Der Makler sah sich um. Die alten Gebäude, die dunklen Ställe, die verschneiten Wiesen. "Schöne Lage", sagte er. "Aber unrentabel. Wer will heute noch Bauer sein?"

"Ich", sagte Martin.

"Sie sind der letzte", sagte der Makler. "Nach Ihnen ist Schluss."

Sie gingen durch den Stall, vorbei an den Kühen, die Martin kannten und Sandra fremd ansahen. Der Makler machte Notizen, schätzte Werte, plante eine Zukunft ohne Kühe.

"Das könnte ein Hotel werden", sagte er. "Wellness-Bauernhof. Die Touristen lieben so was."

"Über meine Leiche", sagte Martin.

"Wenn Sie tot sind", sagte der Makler, "ist es egal, was aus dem Hof wird."

Sie gingen ins Wohnhaus, in die Küche mit dem alten Herd, dem langen Tisch, den Bildern der Vorfahren. Martins Großvater sah von der Wand herab, ernst und stolz. Er hatte den Hof durch zwei Kriege gebracht.

"Der muss weg", sagte der Makler und zeigte auf das Bild. "Zu altmodisch. Die Gäste wollen modern."

Martin sah das Bild an. Sein Großvater hatte ihm das Melken beigebracht, das Mähen, das Leben auf dem Hof. "Nein", sagte er. "Das Bild bleibt."

"Martin, sei vernünftig", sagte Sandra. "Du kannst den Hof nicht allein bewirtschaften."

"Doch. Kann ich."

"Du bist sechzig. Wie lange noch?"

Martin ging zum Küchenregal und nahm die Jagdflinte heraus. Sie gehörte seinem Vater, seinem Großvater, seinem Urgroßvater. Vier Generationen hatten mit ihr Hirsche erlegt, Wildschweine, Füchse.

"Was machst du da?", fragte Sandra.

"Ich jage", sagte Martin.

"Es ist Winter. Die Jagdsaison ist vorbei."

"Nicht für mich."

Martin lud die Flinte. Zwei Schuss, das reichte. Der erste für den Makler, der zweite für Sandra. Beide fielen in der Küche, zwischen den Bildern der Vorfahren.

Martin setzte sich an den Küchentisch und sah seine Toten an. Der Makler blutete auf den alten Dielen, Sandra lag zwischen den Stühlen. Ihr Blut vermischte sich mit dem Staub der Jahrhunderte.

Die Polizei kam drei Tage später. Ein Nachbar hatte die Schüsse gehört, war beunruhigt gewesen. Martin saß noch immer am Küchentisch, die Flinte vor sich.

"Warum haben Sie die beiden getötet?", fragte der Kommissar.

"Sie wollten meinen Hof zerstören", sagte Martin.

"Es war auch der Hof Ihrer Frau."

"Nein. War es nicht. Sie hat ihn nie geliebt."

Vor Gericht erklärte Martin seine Tat. Der Hof sei bedroht gewesen, seine Familie, sein Leben. "Ich hab das getan, was meine Väter auch getan hätten", sagte er.

"Sie haben zwei Menschen ermordet", sagte die Staatsanwältin.

"Ich hab mein Erbe verteidigt."

Das Gericht verurteilte ihn zu lebenslanger Haft. Martin nahm das Urteil ohne Überraschung entgegen. "Was passiert mit dem Hof?", fragte er.

"Er wird verkauft", sagte die Richterin. "Zur Tilgung der Schulden."

Martin weinte. Zum ersten Mal seit der Tat.

Der Tannenhof wurde abgerissen. Heute steht dort ein Wellness-Hotel. Touristen entspannen sich zwischen den Tannen, genießen die Ruhe, die Natur, das einfache Leben. Wie im Märchen.

Martin sitzt im Gefängnis und denkt an seine Kühe. Ob sie neue Besitzer gefunden haben, ob sie glücklich sind. Kühe vergessen nicht. Sie erinnern sich an die Hände, die sie gemolken haben.

Der Hof ist tot. Aber die Erinnerung lebt. In den Kühen, in den Tannen, in den Steinen, die Zeuge waren.

Mancher Boden ist mit Blut getränkt. Er vergisst es nie.

18. Das Sägewerk

Klaus Richter besaß das Sägewerk in Tannenbach, einem Dorf tief im nördlichen Schwarzwald. Seit fünfzig Jahren sägte er Bäume zu Brettern, verwandelte Wald in Häuser, Leben in Tod. Seine Hände waren rau von der Arbeit, seine Ohren taub vom Lärm der Sägen.

Seine Frau Monika führte das Büro. Sie berechnete Preise, verhandelte mit Kunden, sorgte dafür, dass das Geschäft lief. Dreißig Jahre lang waren sie ein Team gewesen. Klaus schnitt das Holz, Monika verkaufte es.

Bis das Sterben der Wälder begann. Der Klimawandel brachte Dürre und Borkenkäfer. Die Fichten starben, ganze Hänge wurden kahl. Klaus hatte mehr tote Bäume zu sägen, als er bewältigen konnte.

"Wir müssen modernisieren", sagte Monika. "Neue Maschinen, andere Kunden, andere Zeiten."

"Die Zeiten ändern sich nicht", sagte Klaus. "Holz bleibt Holz."

Aber Monika hatte andere Pläne. Sie wollte das Sägewerk schließen, das Land verkaufen, nach Süddeutschland ziehen. "Hier ist alles tot", sagte sie. "Wir müssen neu anfangen."

"Ich fang nicht neu an. Ich bin siebzig."

"Dann bleib hier und stirb mit deinen Bäumen."

Die Scheidung kam schnell. Monika hatte alles vorbereitet, einen Anwalt engagiert, einen Käufer gefunden. Ein Investor aus München wollte das Sägewerk kaufen, abreißen, Ferienhäuser bauen.

"Du bekommst die Hälfte", sagte Monika. "Das reicht für ein kleines Haus im Süden."

"Ich will kein Haus im Süden", sagte Klaus. "Ich will mein Sägewerk."

"Das Sägewerk ist tot. Wie der ganze Wald."

Klaus stand zwischen den Sägen und hörte die Stille. Zum ersten Mal seit fünfzig Jahren liefen die Maschinen nicht. Kein Kreischen, kein Heulen, kein Leben. Nur Stille und der Geruch von Sägespänen.

An einem Märzabend kam Monika ins Sägewerk. Sie wollte die letzten Unterlagen holen, die Bücher, die Verträge. Der Verkauf sollte nächste Woche über die Bühne gehen.

Klaus arbeitete an der großen Säge, ölte die Klingen, prüfte die Spannung. "Was machst du da?", fragte Monika.

"Ich repariere sie. Für den neuen Besitzer."

"Der wird sie verschrotten. Hier entstehen Ferienhäuser."

"Dann verschrottet er sie eben."

Monika sammelte ihre Papiere zusammen. Dreißig Jahre Sägewerk in drei Aktenordnern. "Es tut mir leid, Klaus. Aber so ist das Leben."

"Das ist nicht das Leben. Das ist der Tod."

Klaus startete die große Säge. Das Kreischen erfüllte die Halle, dröhnte in seinen tauben Ohren. Die Klinge rotierte, scharf und gnadenlos. Fünfzig

Jahre lang hatte sie Bäume zerschnitten. Heute würde sie etwas anderes schneiden.

"Klaus, stell das ab!", rief Monika.

Aber Klaus hörte sie nicht mehr. Er hörte nur die Säge, das Lied des Holzes, das Sterben der Bäume. Monika war wie ein toter Baum. Sie musste gesägt werden.

Er packte sie, zerrte sie zur Säge. Monika schrie, kämpfte, aber Klaus war stärker. Fünfzig Jahre Holzarbeit hatten ihn hart gemacht.

"Klaus, bitte!"

"Du hast gesagt, hier ist alles tot", sagte Klaus. "Dann stirb auch du."

Die Säge zerschnitt Monika wie einen Baumstamm. Sauber, präzise, professionell. Klaus hatte Übung. Er kannte sich aus mit dem Zerlegen.

Als die Polizei kam, saß Klaus zwischen den Holzspänen und weinte. Monika lag auf dem Sägetisch, zerlegt wie ein Baum. "Sie wollte alles kaputt machen", sagte er.

"Und deswegen haben Sie sie getötet?"

"Ich hab sie gesägt. Wie alles andere auch."

Vor Gericht erklärte Klaus seine Tat. Monika habe das Sägewerk zerstört, seine Existenz, sein Leben. "Fünfzig Jahre Arbeit", sagte er. "Alles für nichts."

"Sie haben Ihre Frau zersägt", sagte die Staatsanwältin.

"Ich hab sie verarbeitet."

Das Gericht verurteilte ihn zu lebenslanger Haft. Klaus nahm das Urteil gleichmütig entgegen. "Was passiert mit dem Sägewerk?", fragte er.

"Es wird abgerissen", sagte die Richterin. "Wie geplant."

Klaus lächelte. "Dann war alles umsonst."

Das Sägewerk wurde abgerissen. Heute stehen dort Ferienhäuser. Touristen aus der Stadt genießen die Ruhe des Waldes, hören den Vögeln zu, atmen die saubere Luft.

Klaus sitzt im Gefängnis und arbeitet in der Schreinerei. Er macht kleine Sachen, Spielzeug, Schmuckkästchen. Aber es ist nicht dasselbe. Keine großen Sägen, keine großen Bäume, keine große Arbeit.

Der Wald stirbt weiter. Die Borkenkäfer fressen sich durch die Fichten, die Dürre tötet die Wurzeln. Aber es gibt niemanden mehr, der die toten Bäume sägt.

Sie stehen und fallen, verrotten und verschwinden. Wie alle Dinge, die ihre Zeit gehabt haben.

Wie Klaus. Wie Monika. Wie das Sägewerk.

19. Das Gasthaus

Friedrich Brenner führte das Gasthaus "Zur Tanne" in Rothenberg, einem Dorf im südlichen Schwarzwald. Das Gasthaus war dreihundert Jahre alt, die Balken vom Rauch geschwärzt, die Stuben voller Geschichte. Generationen von Schwarzwäldern hatten hier gegessen, getrunken, gelebt.

Seine Frau Ingrid kochte die traditionellen Gerichte. Sauerbraten, Spätzle, Schwarzwälder Kirschtorte. Die Touristen liebten es, die Einheimischen auch. "Hier schmeckt es noch nach früher", sagten sie.

Vierzig Jahre lang führten Friedrich und Ingrid das Gasthaus zusammen. Er bediente die Gäste, sie kochte in der Küche. Das Gasthaus war ihr Leben, ihre Leidenschaft, ihre Welt.

Bis die Konkurrenz kam. Ein neues Restaurant im Nachbardorf, modern, schick, mit Sterneküche und Designerambiente. "Tradition trifft Innovation", warben sie. Die Gäste blieben weg.

"Wir müssen etwas ändern", sagte Ingrid. "Neue Küche, neues Konzept, neue Zeit."

"Die Zeit ändert sich nicht", sagte Friedrich. "Gutes Essen bleibt gutes Essen."

Aber das Gasthaus lief schlecht. Immer weniger Gäste, immer weniger Umsatz. Die Schulden wuchsen, die Sorgen auch. Friedrich trank mehr, als er ausschenkte.

"Wir müssen verkaufen", sagte Ingrid an einem Januarmorgen.

Friedrich saß in der leeren Gaststube und starrte auf die Holztische. Hier hatten seine Eltern geheiratet, seine Großeltern Geburtstag gefeiert. Hier war er geboren worden, hier wollte er sterben.

"Ich verkaufe nicht", sagte er.

"Dann gehen wir bankrott."

"Dann gehen wir bankrott."

Ingrid hatte einen anderen Plan. Sie wollte das Gasthaus schließen, nach Baden-Baden ziehen, in einem Hotel arbeiten. "Ich kann überall kochen", sagte sie. "Aber ich kann nicht überall leben."

"Du lebst hier. Seit vierzig Jahren."

"Ich habe hier überlebt. Das ist etwas anderes."

Die Scheidung war bitter. Ingrid wollte ihre Hälfte des Gasthauses, in Geld. Eine halbe Million Euro, die Friedrich nicht hatte. "Verkauf das Haus", sagte der Anwalt. "Oder mach eine Zwangsversteigerung."

Friedrich trank sich durch die leeren Abende. Die Gaststube war still, die Küche kalt. Nur die alten Balken knackten, erzählten ihre Geschichten.

An einem Februarabend kam Ingrid ins Gasthaus. Sie wollte ihre Kochbücher holen, ihre Rezepte, ihre Erinnerungen. Friedrich saß am Stammtisch und trank Schnaps.

"Du trinkst zu viel", sagte Ingrid.

"Es ist mein Gasthaus. Ich trink, soviel ich will."

"Es ist nicht mehr dein Gasthaus. Der Gerichtsvollzieher kommt nächste Woche."

Friedrich sah seine Frau an. Die Frau, die in seiner Küche gekocht hatte, die seine Gäste bewirtet hatte, die sein Leben geteilt hatte. "Weißt du noch?", fragte er. "Unsere Hochzeit? Wir haben hier gefeiert."

"Das ist vierzig Jahre her."

"Für mich ist es gestern."

Ingrid packte ihre Sachen. Die Kochbücher, die Rezepte, die Geheimnisse der Schwarzwälder Küche. "Ich nehm die Rezepte mit", sagte sie. "Die gehören mir."

"Nein", sagte Friedrich. "Die gehören zum Gasthaus."

"Das Gasthaus ist tot."

"Dann sind die Rezepte auch tot."

Friedrich ging in die Küche, holte eine Flasche Spiritus. Den nahm er für die Feuerzangenbowle, für die besonderen Anlässe. Heute war ein besonderer Anlass.

"Was machst du da?", fragte Ingrid.

"Ich räume auf."

Friedrich goss Spiritus über die Rezeptbücher, über die Küchenhandschuhe, über alles, was Ingrid mitnehmen wollte. Dann zündete er ein Streichholz an.

"Friedrich, nein!"

Aber Friedrich hörte nicht mehr. Er sah nur die Flammen, die seine Erinnerungen fraßen. Das Feuer griff über, erfasste die Holzbalken, die alten Möbel, die Geschichte des Hauses.

Ingrid rannte zur Tür, aber das Feuer war schneller. Die Flammen blockierten den Ausgang, füllten die Räume mit Rauch. Sie starb in der Küche, zwischen ihren brennenden Rezepten.

Friedrich starb im Gastraum, am Stammtisch. Er trank Schnaps, bis die Flammen ihn holten. "Prost", sagte er zu den leeren Stühlen.

Das Gasthaus brannte bis auf die Grundmauern nieder. Die Feuerwehr kam zu spät, das Dorf zu weit entfernt. Die alten Balken nährten das Feuer, dreihundert Jahre Geschichte gingen in Rauch auf.

Die Polizei fand die Leichen am nächsten Tag. Friedrich am Stammtisch, Ingrid in der Küche. "Selbstmord?", fragte der Kommissar.

"Oder Mord", sagte sein Kollege. "Wer weiß das schon."

Die Untersuchung ergab: Friedrich hatte das Feuer gelegt. Aber ob er Ingrid töten wollte oder nur das Gasthaus zerstören, blieb unklar. Die Toten schweigen.

Die Ruine des Gasthauses steht noch heute. Touristen fotografieren die geschwärzten Mauern, lesen die Geschichte im Internet. „Tragisch" sagen sie. "Aber malerisch."

Die Rezepte sind verbrannt. Die Geheimnisse der Schwarzwälder Küche, mit Rauch zu den Ahnen gestiegen. Niemand kocht mehr wie Ingrid. Niemand kann es.

Das Feuer vergisst nichts. Es erinnert sich an alles, was es gefressen hat.

Holz, Stein, Menschen. Geschichten und Träume.

Alles wird zu Asche. Früher oder später.

20. Die Holzschnitzerei

Werner Kessler war Holzschnitzer in Eichberg, einem Dorf im Herzen des Schwarzwalds. Er schnitzte Figuren aus Lindenholz, Kuckucksuhren, Heilige, Tiere. Seine Hände kannten das Holz, verstanden seine Sprache, erweckten es zum Leben.

Seine Frau Renate verkaufte die Schnitzereien an Touristen. "Echte Schwarzwälder Handarbeit", sagte sie immer. "Von Meisterhand geschnitzt." Das stimmte. Werner war ein Meister, der beste im ganzen Tal.

Dreißig Jahre lang hatten sie zusammengearbeitet. Werner in der Werkstatt, Renate im Laden. Die Schnitzereien gingen um die Welt, nach Amerika, Japan, Australien. Überall standen Werners Figuren und erzählten vom Schwarzwald.

Bis die billige Konkurrenz aus China kam. Maschinengefertigte Schnitzereien, die aussahen wie Handarbeit, aber ein Zehntel kosteten. Die Touristen kauften sie, merkten den Unterschied nicht.

"Wir müssen billiger werden", sagte Renate. "Oder mehr Quantität produzieren."

"Ich schnitze keine Massenware", sagte Werner. "Jede Figur ist ein Unikat."

"Dann verkaufen wir keine Figuren mehr."

Das Geschäft lief schlecht. Werners Werkstatt war voller fertiger Schnitzereien, die niemand kaufte. Heilige, Engel, Tiere – alle warteten auf Käufer, die nicht kamen.

"Wir müssen das Geschäft aufgeben", sagte Renate. "Ich hab einen Job gefunden. In einem Souvenirladen in Titisee."

"Du willst chinesische Schnitzereien verkaufen?"

"Ich will überleben."

Werner saß in seiner Werkstatt zwischen den Holzfiguren. Sie sahen ihn an mit ihren geschnitzten Augen, stumm und vorwurfsvoll. Er hatte sie erschaffen, und jetzt wurden sie verraten.

Die Scheidung war schnell erledigt. Renate wollte nichts vom Geschäft, nur ihre Freiheit. "Du kannst die Schnitzereien behalten", sagte sie. "Und deine Illusionen."

Werner blieb allein mit seinen Figuren zurück. Hunderte von geschnitzten Gesichtern starrten ihn an. Eine stumme Gemeinde, die nur er verstand.

An einem Maiabend kam Renate noch einmal in die Werkstatt. Sie wollte sich verabschieden, bevor sie nach Titisee zog. Werner saß an der Werkbank und schnitzte eine neue Figur.

"Was wird das?", fragte Renate.

"Du", sagte Werner. "Meine letzte Arbeit."

Renate sah die Figur an. Es war sie, erkennbar, aber idealisiert. Schöner, jünger, liebevoller als die echte Renate. "Warum schnitzen Sie mich?"

"Weil ich dich nicht vergessen will."

"Werner, es ist vorbei. Wir sind geschieden."

"Ich weiß. Deswegen schnitze ich dich. Damit du bleibst."

Werner arbeitete weiter an der Figur. Mit jedem Schnitt wurde sie lebendiger, echter. Die Augen blickten, die Lippen lächelten. Es war Magie, Kunst, Liebe in Holz.

"Du kannst Menschen nicht aus Holz schnitzen", sagte Renate.

"Doch. Kann ich."

Werner griff nach seinem schärfsten Schnitzmesser. Die Klinge war haarscharf, geschliffen für die feinsten Arbeiten. "Weißt du, was das Problem mit Holz ist?", fragte er.

"Nein."

"Es lebt noch. Auch wenn der Baum tot ist, lebt das Holz weiter. Es atmet, arbeitet, verändert sich."

"Das ist Unsinn."

"Nein. Das ist die Wahrheit. Und Menschen sind auch Holz. Sie leben, auch wenn sie tot sind."

Renate sah das Messer, sah seine Augen, sah ihren Tod. Sie rannte zur Tür, aber Werner war schneller. Das Schnitzmesser war scharf genug für Holz, scharf genug für Haut.

Ein Schnitt reichte. Präzise, wie alle Schnitte von Werner. Renate fiel zwischen die Holzfiguren, ihr Blut mischte sich mit den Holzspänen.

Werner setzte sich neben sie und vollendete ihre hölzerne Kopie. Als die echte Renate tot war, lebte die geschnitzte weiter. Für immer.

Die Polizei fand ihn am nächsten Morgen. Werner saß zwischen seinen Figuren, die Holz-Renate in den Händen. "Sie wollte mich verlassen", sagte er. "Jetzt kann sie nicht mehr."

"Sie haben Ihre Frau ermordet."

"Ich hab sie verewigt."

Vor Gericht erklärte Werner seine Tat. Renate habe ihn und seine Kunst verraten, seine Liebe weggeworfen. "Ich musste sie retten", sagte er. "Vor sich selbst."

"Sie haben Ihre Frau erstochen", sagte die Staatsanwältin.

"Ich hab sie geschnitzt."

Das Gericht verurteilte ihn zu achtzehn Jahren Haft. Werner nahm das Urteil ruhig entgegen. "Kann ich meine Figuren mitnehmen?", fragte er.

"Nein", sagte die Richterin. "Die Schnitzerei ist zu Ende."

Die Werkstatt wurde geräumt. Die Holzfiguren wurden verkauft, versteigert, verstreut. Nur die Figur von Renate blieb. Niemand wollte sie kaufen. Sie steht im Polizeiarchiv, zwischen den Beweismitteln.

Werner sitzt im Gefängnis und schnitzt kleine Tiere aus Seifenstücken. Mäuse, Vögel, Käfer. Aber es ist nicht dasselbe. Seife hat keine Seele, keine Geschichte, kein Leben.

Manchmal träumt er von seiner Werkstatt, von den Holzfiguren, von Renate. Von der echten und der geschnitzten. Im Traum kann er den Unterschied nicht mehr erkennen.

Das Holz vergisst nichts. Es erinnert sich an die Hände, die es berührt haben. An die Liebe, die es geformt hat. An das Blut, das es getränkt hat.

Manche Figuren leben länger als ihre Schöpfer. Sie erzählen Geschichten, die niemand hören will.

Aber sie erzählen sie trotzdem. Für immer.

21. Das Rathaus

Gabriele Schneider war Stadträtin in Emmendingen. Zwanzig Jahre lang hatte sie in der Kommunalpolitik gearbeitet, Anträge gestellt, Kompromisse geschlossen, die Stadt mitgestaltet. Das Rathaus war ihr zweites Zuhause, die Politik ihre Berufung.

Ihr Mann Richard war Beamter im Landratsamt. Ein ruhiger Mann, der Formulare bearbeitete, Akten führte, Gesetze befolgte. Dreißig Jahre lang hatten sie parallel gelebt, beide im Dienst der Öffentlichkeit, beide korrekt und pflichtbewusst.

Bis Richard in Rente ging. Plötzlich hatte er Zeit, viel Zeit. Er beobachtete Gabriele, hinterfragte ihre Termine, ihre Entscheidungen, ihr Leben. "Du bist nie da", sagte er. "Immer nur Politik."

"Das ist mein Job", sagte Gabriele.

"Nein. Das ist deine Flucht."

Gabriele saß in ihrem Büro im Rathaus und blätterte durch Akten. Bauanträge, Haushaltsanträge, Anträge auf Anträge. Die Bürokratie war ihr Leben, ihre Ordnung, ihre Sicherheit.

Richard kam oft ins Rathaus, brachte ihr Essen, wollte reden. Aber Gabriele hatte keine Zeit. Die nächste Sitzung wartete, der nächste Termin, die nächste Entscheidung.

"Wir müssen über uns reden", sagte Richard.

"Nach der Haushaltssitzung."

"Wann ist die?"

94

"Nächste Woche."

"Und danach?"

"Die Planungsausschusssitzung."

Richard verstand. Es würde immer eine nächste Sitzung geben. Gabriele lebte in einem endlosen Kreislauf von Terminen und Verantwortung.

"Ich will die Scheidung", sagte er an einem Donnerstagmorgen.

Gabriele unterschrieb gerade einen Vertrag über die neue Straßenbeleuchtung. "Kannst du warten, bis ich fertig bin?"

"Ich hab dreißig Jahre gewartet."

Die Scheidung war kompliziert. Gabriele hatte keine Zeit für Anwaltstermine, für Verhandlungen, für das Ende ihrer Ehe. Sie delegierte alles an ihren Anwalt, unterschrieb Papiere zwischen zwei Sitzungen.

"Du nimmst das nicht ernst", sagte Richard.

"Ich nehme alles ernst. Aber ich hab Prioritäten."

Richards Priorität war sein neues Leben. Er hatte eine Frau kennengelernt, eine Rentnerin aus Stuttgart, die Zeit hatte. Zeit für Reisen, für Gespräche, für Liebe.

"Sie heißt Ingrid", sagte er. "Sie ist das Gegenteil von dir."

"Was heißt das?"

"Sie lebt."

Gabriele arbeitete noch länger im Rathaus. Abends, wenn die anderen Beamten nach Hause gingen, blieb sie und erledigte das, was tagsüber liegen geblieben war. Das Rathaus war still nach Feierabend, nur sie und die Akten.

An einem Septemberabend kam Richard ins Rathaus. Er wollte die Scheidungspapiere abholen, die letzten Dokumente ihres gemeinsamen Lebens.

„Hier" sagte Gabriele und reichte ihm einen Umschlag. "Alles unterschrieben."

Richard öffnete den Umschlag. Dreißig Jahre Ehe in drei Seiten Papier. "Das war's?"

"Was soll noch sein?"

"Eine Erklärung. Ein Abschied. Etwas Menschliches."

Gabriele sah auf ihre Akten. Der Haushaltsentwurf für das nächste Jahr wartete auf ihre Unterschrift. Drei Millionen Euro Stadtbudget, Verantwortung für dreißigtausend Bürger.

"Ich hab zu tun", sagte sie.

"Du hast immer zu tun. Das ist dein Problem."

Richard setzte sich in den Besucherstuhl vor Gabrieles Schreibtisch. Hier hatten Bürger ihre Sorgen vorgetragen, ihre Anträge gestellt, ihr Vertrauen gezeigt. Jetzt saß ihr Mann da und stellte Anträge auf Verständnis.

"Erinnerst du dich an unsere Hochzeit?", fragte er. "Im Ratssaal. Du warst so schön."

"Das ist lange her."

"Für mich ist es gestern."

Gabriele unterschrieb weiter Dokumente. Genehmigungen, Ablehnungen, Entscheidungen über fremde Leben. Ihr eigenes Leben war nur ein weiterer Akt in einem endlosen Verfahren.

"Ich hab Ingrid hierher mitgebracht", sagte Richard. "Sie wartet draußen."

"Warum?"

"Ich wollte, dass sie sieht, wo du lebst. Wo du stirbst."

Gabriele sah auf. Zum ersten Mal an diesem Abend sah sie ihren Mann richtig an. "Ich sterbe nicht. Ich arbeite."

"Das ist dasselbe."

Richard stand auf, ging zur Tür. "Weißt du, was Ingrid gesagt hat, als sie das Rathaus sah?"

"Nein."

"Dass es aussieht wie ein Mausoleum. Wie ein Grab für lebende Tote."

Die Worte trafen Gabriele wie Ohrfeigen. Sie sah ihr Büro mit anderen Augen. Die grauen Aktenschränke, die kahlen Wände, die toten Pflanzen am Fenster. Ein Grab für lebende Tote.

„Raus" sagte sie.

"Gabriele..."

"Raus aus meinem Büro. Raus aus meinem Leben. Raus aus meiner Stadt."

Aber Richard ging nicht. Er setzte sich wieder hin, lehnte sich zurück. "Ich bin Bürger dieser Stadt", sagte er. "Ich hab Rechte."

"Du hast keine Rechte. Du bist geschieden."

"Die Scheidung ist noch nicht rechtskräftig."

Gabriele griff nach dem Brieföffner auf ihrem Schreibtisch. Ein schweres Ding aus Messing, ein Geschenk zum zehnjährigen Dienstjubiläum. Sie hatte tausende Briefe damit geöffnet, tausende Schicksale freigelegt.

"Gabriele, was machst du?"

"Ich öffne einen Brief."

"Welchen Brief?"

"Den Brief meines Lebens."

Gabriele stach zu. Der Brieföffner durchbohrte Richards Brust, traf das Herz, das dreißig Jahre für sie geschlagen hatte. Er sah sie erstaunt an, als würde er sie zum ersten Mal sehen.

"Warum?", flüsterte er.

"Weil du Recht hast", sagte Gabriele. "Ich bin tot. Und Tote können nicht allein sein."

Richard starb an ihrem Schreibtisch, zwischen den Akten und Anträgen. Sein Blut tropfte auf den Haushaltsentwurf, färbte die Zahlen rot.

Gabriele setzte sich neben ihn und arbeitete weiter. Um Mitternacht fand sie der Sicherheitsdienst. Sie saß noch immer am Schreibtisch, unterschrieb Dokumente mit Richards Blut.

"Warum haben Sie Ihren Mann getötet?", fragte der Kommissar.

"Ich hab ihn nicht getötet", sagte Gabriele. "Ich hab ihn archiviert."

Vor Gericht erklärte sie ihre Tat. Richard habe ihr Leben gestört, ihre Arbeit behindert, ihre Pflicht verraten. "Ich bin der Stadt verpflichtet", sagte sie. "Nicht meinem Mann."

"Sie haben Ihren Mann ermordet", sagte die Staatsanwältin.

"Ich hab einen Störfaktor eliminiert."

Das Gericht verurteilte sie zu fünfzehn Jahren Haft wegen Totschlags. Gabriele nahm das Urteil wie alle Entscheidungen entgegen: sachlich, emotionslos, korrekt.

"Bereuen Sie Ihre Tat?", fragte die Richterin.

"Bereuen ist ineffizient", sagte Gabriele. "Ich plane die Zukunft."

Im Gefängnis arbeitet Gabriele in der Verwaltung. Sie führt Listen, erstellt Pläne, verwaltet das Leben der Häftlinge. Es ist nicht so wichtig wie die Stadtpolitik, aber es ist Arbeit.

Das Rathaus in Emmendingen läuft weiter. Andere Stadträte treffen Entscheidungen, unterschreiben Dokumente, verwalten die Stadt. Gabrieles Büro ist renoviert, die Blutflecken entfernt.

Aber manchmal, sagen die Beamten, riecht es noch nach Tod. Nach einem Leben, das sich selbst begraben hat.

Die Bürokratie, denkt Gabriele, ist unsterblich. Menschen kommen und gehen. Die Akten bleiben.

Für immer.

22. Die Grenze

Stefan Müller arbeitete für den Zoll in Weil am Rhein. Jeden Tag kontrollierte er die Grenze zur Schweiz, suchte nach Schmuggelware, nach Menschen ohne Papiere, nach Wahrheiten, die versteckt werden sollten. Die Grenze war seine Welt, sein Auftrag, sein Leben.

Seine Frau Carmen kam aus Basel. Sie war Schweizerin, arbeitete in einer Bank, verdiente in Franken und dachte in anderen Dimensionen. "Die Grenze ist nur in deinem Kopf", sagte sie oft. "Für mich gibt es sie nicht."

Fünfzehn Jahre lang pendelten sie zwischen zwei Welten. Stefan lebte auf der deutschen Seite, Carmen fühlte sich in der Schweiz zu Hause. Die Grenze trennte nicht nur Länder, sondern auch ihre Ehe.

"Ich will zurück in die Schweiz", sagte Carmen an einem Märzmorgen. "Ganz. Für immer."

Stefan stand an seinem Kontrollpunkt und sah die Menschen vorbeigehen. Deutsche, die in der Schweiz arbeiteten. Schweizer, die in Deutschland einkauften. Alle überquerten Grenzen, als wären sie nicht da.

"Und ich?", fragte er.

"Du kannst mitkommen. Oder hierbleiben. Deine Wahl."

Aber Stefan konnte nicht mitkommen. Er war Beamter, hatte einen Eid geschworen, hatte Pflichten.

Die Grenze zu bewachen war seine Mission, seine Identität.

"Ich gehe trotzdem", sagte Carmen. "Mit oder ohne dich."

Die Scheidung war kompliziert. Deutsches Recht, Schweizer Recht, internationale Verträge. Carmen hatte Anspruch auf die Hälfte des deutschen Hauses, Stefan auf die Hälfte der Schweizer Ersparnisse.

"Wir könnten alles teilen", schlug der Anwalt vor. "Fifty-fifty, fair und sauber."

Aber Stefan wollte nicht teilen. Das Haus lag auf deutscher Seite, gehörte zu seinem Leben, zu seiner Welt. "Hier bleibe ich", sagte er. "Hier sterbe ich."

Carmen zog in eine Wohnung in Basel, arbeitete mehr, sparte mehr, lebte ihr Schweizer Leben. Stefan blieb allein im deutschen Haus und bewachte die Grenze.

An einem Juniabend sah Stefan Carmen am Grenzübergang. Sie kam von der Arbeit, fuhr wie jeden Tag von Basel nach Weil, um ihre letzten Sachen zu holen. Stefan winkte sie durch, wie tausende Male zuvor.

"Hallo Stefan", sagte sie.

"Hallo Carmen."

"Wie geht's?"

"Wie immer. Und dir?"

"Gut. Sehr gut."

Sie sprachen wie Fremde, höflich und distanziert. Fünfzehn Jahre Ehe, reduziert auf Small Talk an der Grenze.

"Ich komm heute zum letzten Mal", sagte Carmen. "Danach ist Schluss."

"Okay."

"Willst du nicht wissen, warum?"

Stefan kontrollierte den nächsten Pass, stempelte ein Visum, erfüllte seine Pflicht. "Warum?", fragte er schließlich.

"Ich heirate wieder. Einen Schweizer. Nächste Woche."

Die Worte trafen Stefan wie Schläge. Carmen heiratete wieder, nur sechs Monate nach der Scheidung. Einen Schweizer, der keine Grenzen kannte, keine Pflichten, keine Prinzipien.

"Gratuliere", sagte Stefan.

"Danke."

Carmen fuhr weiter, zum letzten Mal. Stefan sah ihr nach, bis sie in der deutschen Dunkelheit verschwand.

Um Mitternacht machte Stefan Feierabend. Der Grenzübergang wurde geschlossen, die Schlagbäume heruntergelassen. Deutschland schlief, die Schweiz auch.

Stefan ging nicht nach Hause. Er blieb am Grenzübergang, setzte sich in sein Kontrollhäuschen, wartete. Um zwei Uhr kam Carmen zurück. Sie wollte zur Schweizer Seite, nach Hause, zu ihrem neuen Leben.

"Die Grenze ist geschlossen", sagte Stefan.

"Mach auf. Es ist wichtig."

"Tut mir leid. Dienst ist Dienst."

Carmen stieg aus dem Auto, kam zu seinem Häuschen. Sie sah müde aus, alt, fremd. Wie eine Touristin, die den Weg nicht kennt.

"Stefan, bitte. Ich muss durch."

"Papiere?"

Carmen zeigte ihren Schweizer Pass. Stefan prüfte ihn, wie er tausende Pässe geprüft hatte. Aber diesmal fand er einen Fehler.

"Der Pass ist abgelaufen", sagte er.

"Was? Das ist nicht möglich."

Stefan zeigte ihr das Datum. "Seit drei Tagen. Tut mir leid."

Das war gelogen. Der Pass war gültig, Stefan konnte rechnen. Aber Lügen gehörten zu seinem Job. Manchmal musste man lügen, um die Wahrheit zu schützen.

"Du lässt mich nicht durch?"

"Ich kann nicht. Gesetze sind Gesetze."

Carmen sah ihn an. Den Mann, den sie geheiratet hatte, der sie liebte, der sie jetzt bestrafte. "Du machst das mit Absicht."

"Ich mache meinen Job."

"Du bist krank."

"Ich bin pflichtbewusst."

Carmen wurde wütend. Fünfzehn Jahre aufgestaute Wut brachen aus ihr heraus. "Du lebst nicht!", schrie sie. "Du funktionierst nur! Wie eine Maschine, wie ein Roboter!"

Stefan blieb ruhig. Gefühlsausbrüche gehörten zum Job. Menschen wurden aggressiv, wenn man ihnen Grenzen zeigte.

"Beruhigen Sie sich, gnädige Frau", sagte er.

"Gnädige Frau? Ich bin deine Ex-Frau!"

"Hier sind Sie nur ein Grenzgänger."

Carmen griff nach dem Schlagbaum, wollte ihn hochheben. Aber Stefan war schneller. Er hatte eine Dienstwaffe, wie alle Zöllner. Eine Pistole für den Notfall.

"Stehen bleiben!", rief er.

"Oder was? Erschießt du mich?"

Stefan zielte auf Carmen. Die Frau, die er geliebt hatte, die ihn verlassen hatte, die jetzt eine Grenze überschreiten wollte, die es nicht gab.

"Die Grenze ist geschlossen", sagte er.

"Für immer?"

"Für immer."

Der Schuss hallte durch die Nacht. Carmen fiel auf die Grenzlinie, zwischen Deutschland und der Schweiz. Ihr Blut mischte sich mit dem Asphalt zweier Länder.

Stefan meldete den Vorfall sofort. "Grenzverletzer erschossen", funkte er. "Wiederstand gegen die Staatsgewalt."

Die Untersuchung war kompliziert. Deutsche Polizei, Schweizer Polizei, internationale Kommissionen. Carmen lag auf der Grenze, gehörte beiden Ländern und niemandem.

Stefan gestand schließlich. "Sie wollte illegal einreisen", sagte er. "Ich hab die Grenze verteidigt."

"Sie haben Ihre Ex-Frau erschossen", sagte der Kommissar.

"Ich hab meine Pflicht getan."

Vor Gericht erklärte Stefan seine Tat. Carmen habe Gesetze gebrochen, Grenzen missachtet, Chaos gesät. "Ordnung muss sein", sagte er.

"Sie haben Ihre Frau ermordet", sagte die Staatsanwältin.

"Ich hab mein Land beschützt."

Das Gericht verurteilte ihn zu lebenslanger Haft. Stefan nahm das Urteil wie einen Befehl entgegen. "Kann ich meinen Dienst fortsetzen?", fragte er.

"Nein", sagte die Richterin. "Ihr Dienst ist beendet."

Im Gefängnis arbeitet Stefan als Pförtner. Er kontrolliert, wer reindarf, wer raus darf, wer Besuch bekommt. Es ist nicht dieselbe Grenze, aber es ist eine Grenze.

Der Grenzübergang Weil am Rhein ist modernisiert. Kameras statt Menschen, Computer statt Kontrolleure. Die Grenze ist durchlässiger geworden, aber nicht verschwunden.

Carmen ist begraben auf dem Friedhof zwischen Deutschland und der Schweiz. Ihr Grab liegt auf der Grenzlinie. Halb deutsch, halb schweizerisch.

Manche Grenzen, denkt Stefan, sind stärker als die Liebe. Sie überdauern alles. Menschen, Länder, Zeit.

Die Grenze bleibt. Für immer.

23. Der Bodensee

Dr. Johannes Weiss war Limnologe, Seenforscher an der Universität Konstanz. Er erforschte den Bodensee, seine Wasserschichten, seine Ökologie, seine Geheimnisse. Dreißig Jahre lang war der See sein Labor, sein Arbeitsplatz, sein Leben.

Seine Frau Katrin war Kunstlehrerin. Sie malte den See in allen Farben, zu allen Jahreszeiten, aus allen Blickwinkeln. Tausende von Bildern, die alle dasselbe Motiv zeigten: Wasser, Licht, Unendlichkeit.

"Der See verändert sich jeden Tag", sagte sie. "Wie wir."

"Nein", sagte Johannes. "Der See ist konstant. Nur das Licht ändert sich."

Sie lebten in einem Haus direkt am Ufer, mit Blick über das Wasser bis zu den Alpen. Jeden Morgen wachten sie mit dem See auf, jeden Abend schliefen sie mit ihm ein.

Bis Katrin genug hatte vom ewigen Blau. "Ich brauche andere Farben", sagte sie. "Andere Horizonte."

"Der See hat alle Farben. Man muss nur hinsehen."

"Ich sehe seit dreißig Jahren hin. Es reicht."

Katrin hatte ein Angebot bekommen. Ein Atelier in Berlin, eine Galerie, die ihre Bilder zeigen wollte. "Endlich raus aus der Provinz", sagte sie. "Endlich richtige Kunst."

"Deine Bilder sind hier entstanden. Sie gehören hierher."

"Sie gehören mir. Und ich gehöre nicht hierher."

Die Scheidung war wie ein Sturm über dem See. Plötzlich, heftig, zerstörerisch. Katrin wollte weg, so schnell wie möglich. "Du kannst das Haus behalten", sagte sie. "Und deinen See."

"Es ist unser See."

"Nein. War er nie."

Johannes blieb allein am Ufer zurück. Jeden Tag fuhr er mit dem Forschungsboot hinaus, nahm Proben, maß Temperaturen, protokollierte das Leben im Wasser. Der See war unverändert, aber alles andere war anders.

An einem Augustabend kam Katrin noch einmal an den See. Sie wollte ihre Bilder holen, die letzten Erinnerungen an dreißig Jahre Malerei. Johannes half ihr beim Verpacken.

"Erinnerst du dich an dein erstes Bild?", fragte er. "Sonnenaufgang über dem See. Du warst dreiundzwanzig."

Katrin sah das Bild an. Jung, hoffnungsvoll, verliebt in das Licht auf dem Wasser. "Das war ein anderes Leben", sagte sie.

"Es war unser Leben."

"Nein. Es war dein Leben. Ich war nur Gast."

Sie packten die Bilder in Kisten, dreißig Jahre Kunst in Kartons. Johannes sah seine Welt verschwinden, Stück für Stück, Bild für Bild.

"Was machst du mit ihnen?", fragte er.

"Verkaufen. In Berlin. Für viel Geld."

"Sie sind unbezahlbar."

"Alles hat einen Preis."

Johannes trug die Kisten zum Auto. Der See lag friedlich im Abendlicht, spiegelte die letzten Sonnenstrahlen. Er hatte schon so viele Abschiede erlebt, so viele Menschen kommen und gehen sehen.

"Weißt du, was das Problem mit dem See ist?", fragte Katrin.

"Nein."

"Er ist zu perfekt. Zu schön. Man kann nur ihn malen, nichts anderes. Er verschlingt alles."

Johannes sah auf das Wasser. Ruhig, tief, endlos. "Der See gibt auch", sagte er. "Er nimmt und gibt."

"Mir hat er nur genommen."

Das letzte Bild war das größte. Ein Panorama des Sees bei Sturm, dunkle Wolken, aufgewühltes Wasser. Katrin hatte es vor fünf Jahren gemalt, nach einem Streit.

"Das nehme ich nicht mit", sagte sie.

"Warum?"

"Es ist zu düster. Zu ehrlich."

Johannes hängte das Bild zurück an die Wand. "Es gehört hierher", sagte er.

Katrin stieg ins Auto, startete den Motor. "Lebwohl, Johannes. Lebwohl, See."

Sie fuhr los, die Straße entlang, die den See umrundete. Johannes sah ihr nach, bis die Rücklichter verschwanden.

Aber Katrin kam nicht weit. An der Kurve bei Meersburg verlor sie die Kontrolle über das Auto.

Es regnete, die Straße war rutschig, die Sicht schlecht. Das Auto rutschte über die Leitplanke, stürzte die Böschung hinunter, ins Wasser.

Johannes hörte den Knall, sah die Lichter, ahnte das Unglück. Er rannte zum Ufer, sprang ins Wasser, schwamm zu dem sinkenden Auto.

Katrin war bewusstlos, gefangen im Wagen. Das Wasser stieg schnell, der See holte sich, was ihm gehörte. Johannes konnte sie befreien, an die Oberfläche bringen, ans Ufer ziehen.

"Katrin! Katrin, wach auf!"

Aber Katrin wachte nicht auf. Das kalte Wasser hatte ihr Herz zum Stillstand gebracht. Sie starb in Johannes' Armen, am Ufer des Sees, den sie hatte verlassen wollen.

"Es war ein Unfall", sagte Johannes der Polizei. "Sie ist von der Straße abgekommen."

Die Untersuchung bestätigte es. Aquaplaning, schlechte Sicht, tödlicher Unfall. Katrin wurde am Friedhof von Konstanz begraben, mit Blick auf den See.

Aber Johannes wusste die Wahrheit. Er hatte die Bremsschläuche manipuliert, Öl auf die Straße gegossen, den Unfall vorbereitet. Nicht aus Hass, sondern aus Liebe. Aus der Gewissheit, dass Katrin ohne den See nicht leben konnte.

"Sie gehörte hierher", sagte er zu ihrer Schwester. "Jetzt ist sie da, wo sie hingehört."

Die Schwester sah ihn seltsam an. "Du redest, als wäre sie noch am Leben."

"Ist sie auch. Im See."

Johannes lebt noch immer am Ufer, forscht noch immer auf dem Wasser. Aber jetzt ist er nicht mehr allein. Katrin ist bei ihm, in jeder Welle, in jedem Sonnenstrahl, in jedem Sturm.

Ihre Bilder hängen wieder an den Wänden. Johannes hat sie alle zurückgekauft, aus Berlin geholt, nach Hause gebracht. Sie zeigen den See in allen Farben, zu allen Zeiten.

Manchmal, bei Vollmond, sieht Johannes eine Gestalt im Wasser. Sie winkt ihm zu, lächelt, verschwindet wieder in der Tiefe. Dann weiß er: Katrin ist da, wo sie hingehört.

Der See nimmt alles. Und gibt es manchmal zurück.

Für diejenigen, die warten können. Für immer.

24. Die Therme

Dr. Claudia Becker leitete die Kur- und Rehaklinik in Bad Krozingen. Dreißig Jahre lang hatte sie Menschen geholfen, ihre Schmerzen zu lindern, ihre Gesundheit wiederzufinden. Die Thermalquellen waren ihr Werkzeug, das heiße Wasser ihre Medizin.

Ihr Mann Frank war Physiotherapeut in derselben Klinik. Er behandelte die Patienten, die Claudia ihm schickte. Zusammen heilten sie Menschen, reparierten Körper, gaben Hoffnung.

"Wir sind ein gutes Team", sagte Frank oft. "Wie Chirurg und Anästhesist."

"Ja", sagte Claudia. "Aber ich bin der Chirurg."

Dreißig Jahre lang teilten sie Patienten, Erfolge, Misserfolge. Ihre Ehe war wie eine Behandlung: professionell, effizient, ohne große Gefühle.

Bis Frank sich in eine Patientin verliebte. Eine junge Frau aus Hamburg, die nach einem Autounfall in die Klinik gekommen war. "Sie ist anders", sagte Frank. "Lebendig."

"Sie ist krank", sagte Claudia. "Das ist der Grund, warum sie hier ist."

"Nicht nur körperlich krank. Emotional verletzt. Ich helfe ihr dabei, zu heilen."

Frank verlängerte die Behandlung der Patientin, sah sie öfter, behandelte sie intensiver. Claudia beobachtete alles, sagte nichts. Noch nicht.

"Ich will die Scheidung", sagte Frank an einem Novembermorgen. "Petra und ich wollen zusammen sein."

Claudia saß in ihrem Büro und sah die Akten durch. Tausende von Patienten, tausende von Geschichten. Alle suchten Heilung, alle hofften auf Besserung.

"Sie ist noch nicht geheilt", sagte Claudia.

"Sie ist genug geheilt."

"Das entscheide ich. Ich bin die Chefärztin."

Frank sah seine Frau an. Dreißig Jahre Ehe, und er erkannte sie nicht mehr. "Du nutzt deine Macht aus", sagte er.

"Ich nutze mein Wissen."

Die Scheidung zog sich hin. Claudia verlängerte Petras Behandlung immer wieder, fand neue Diagnosen, neue Therapien. "Die Patientin ist nicht entlassungsreif", schrieb sie in die Berichte.

"Das ist Freiheitsberaubung", sagte Frank.

"Das ist Medizin."

Frank kämpfte um Petra, um ihre Entlassung, um ihre Zukunft. Aber Claudia hatte alle Macht, alle Entscheidungen, alle Schlüssel.

"Wenn sie gesund ist, kann sie gehen", sagte Claudia. "Vorher nicht."

"Sie ist gesund!"

"Das sehe ich anders."

Petra wurde depressiv, verzweifelt, krank. Die erzwungene Behandlung machte sie dicker, als sie war. Sie begann zu ahnen, dass Claudia sie als Geisel hielt.

"Helfen Sie mir", bat sie Claudia. "Lassen Sie mich gehen."

"Ich helfe Ihnen. Mit jeder Behandlung."

"Sie zerstören mich."

"Ich heile Sie."

Frank wurde immer verzweifelter. Er sah Petra leiden, sah seine Zukunft schwinden, sah sein Leben in Claudias Händen.

"Bitte", sagte er zu seiner Frau. "Lass sie gehen."

"Wenn du bleibst."

"Ich kann nicht bleiben. Ich liebe sie."

"Dann bleibt sie."

An einem Dezemberabend, als die Klinik leer war, gingen Frank und Claudia zu den Thermalbädern. Die heißen Quellen sprudelten aus der Erde, 38 Grad warm, reich an Mineralien.

"Erinnerst du dich?", fragte Claudia. "Unser erstes Bad zusammen? Du hast gesagt, das Wasser heilt alles."

"Das war vor dreißig Jahren."

"Für mich ist es heute."

Sie standen am Rand des größten Beckens. Das Wasser dampfte, spiegelte die Lichter der Klinik. Hier hatten tausende Menschen Heilung gesucht, Schmerzen gelindert, Hoffnung gefunden.

"Das Wasser kann auch töten", sagte Claudia. "Wenn es zu heiß ist."

"Es ist nie zu heiß."

"Doch. Kann es."

Claudia ging zum Heizungsregler, drehte die Temperatur hoch. 40 Grad, 45 Grad, 50 Grad. Das Wasser begann fast zu kochen.

"Claudia, was machst du?"

"Ich heile."

Frank rannte zum Regler, wollte die Temperatur senken. Aber Claudia stieß ihn ins Becken. Das kochende Wasser verbrühte ihn sofort, verkochte seine Haut, tötete ihn langsam.

"Hilfe!", schrie er.

"Niemand da", sagte Claudia. "Nur wir."

Frank starb im heißen Wasser, gekocht wie ein Ei. Claudia sah zu, bis er aufhörte zu schreien.

Die Polizei fand ihn am nächsten Morgen. "Ein Unfall?", fragte der Kommissar.

"Die Heizung ist defekt", sagte Claudia. "Sowas kommt vor."

Aber die Untersuchung zeigte: Der Regler war manuell verstellt worden. Claudia gestand nach einer Woche.

"Warum haben Sie Ihren Mann getötet?", fragte der Kommissar.

"Ich hab ihn behandelt", sagte Claudia. "Er war krank."

"Womit?"

"Untreue. Eine schwere Krankheit."

Vor Gericht erklärte sie ihre Tat. Frank sei krank gewesen, therapieresistent, unheilbar. "Manchmal", sagte sie, "ist der Tod die einzige Heilung."

"Sie haben Ihren Mann ermordet", sagte die Staatsanwältin.

"Ich hab ihn erlöst."

Das Gericht verurteilte sie zu lebenslanger Haft. Claudia nahm das Urteil wie eine Diagnose entgegen. "Kann ich meine Patienten weiterbehandeln?", fragte sie.

"Nein", sagte die Richterin. "Ihre Praxis ist geschlossen."

Die Klinik in Bad Krozingen existiert weiter. Andere Ärzte heilen jetzt, andere Hände helfen. Petra wurde entlassen, fuhr zurück nach Hamburg, vergaß die Thermalquellen.

Claudia sitzt im Gefängnis und arbeitet in der Krankenstation. Sie versorgt kleine Wunden, gibt Aspirin, tröstet leidende Häftlinge. Aber sie darf nicht mehr heilen. Nur pflegen.

Das heiße Wasser sprudelt weiter aus der Erde. 38 Grad, heilsam, ungefährlich. Es erinnert sich an nichts, vergisst alles.

Nur die Steine erinnern sich. An das Blut, das in sie eingedrungen ist. An die Schreie, die in ihnen widerhallen.

Manche Quellen, denkt Claudia, sind vergiftet. Für immer.

25. Die Brücke

Pierre Dubois war Dolmetscher am Europarat in Strasbourg. Jeden Tag überquerte er die Europabrücke zwischen Kehl und Strasbourg, pendelte zwischen Deutschland und Frankreich, zwischen Sprachen und Kulturen.

Seine Frau Marie war Deutsche, arbeitete als Lehrerin in Kehl. Sie lebten zwischen den Welten, sprachen beide Sprachen, liebten beide Länder. "Wir sind Europa", sagte Pierre oft. "Die Zukunft."

Zwanzig Jahre lang pendelten sie über die Brücke. Pierre zur Arbeit nach Frankreich, Marie zur Schule nach Deutschland. Die Grenze war für sie nur eine Linie auf der Landkarte.

Bis der Brexit kam. Plötzlich war Europa nicht mehr selbstverständlich, Grenzen wurden wieder wichtig, Nationalitäten entscheidend.

"Ich will deutsche Staatsbürgerschaft", sagte Marie. "Sicherheit."

"Du bist schon Europäerin", sagte Pierre. "Das reicht."

"Nein. Reicht nicht."

Marie beantragte die deutsche Staatsbürgerschaft, musste aber die französische aufgeben. "Man kann nicht zwei Herzen haben", sagte der Beamte.

Pierre verstand nicht. "Doch", sagte er. "Kann man."

Die Ehe wurde schwierig. Marie fühlte sich deutsch, Pierre französisch. Sie sprachen dieselben Sprachen, aber verstanden sich nicht mehr.

"Du verrätst Europa", sagte Pierre.

"Ich rette mich", sagte Marie.

Pierre arbeitete jeden Tag mit Europäern aus allen Ländern. Er übersetzte ihre Worte, ihre Träume, ihre Ängste. Europa war sein Glaube, seine Mission, seine Identität.

"Europa stirbt", sagte ein italienischer Kollege. "Land für Land."

"Nein", sagte Pierre. "Europa lebt. In uns."

Aber Marie sah das anders. Sie wollte Sicherheit, Eindeutigkeit, klare Zugehörigkeit. "Ich bin Deutsche", sagte sie. "Punkt."

Die Scheidung war europäisch kompliziert. Deutsches Recht, französisches Recht, europäisches Recht. Welches Land war zuständig? Welche Gesetze galten?

"Das ist das Problem mit Europa", sagte Maries Anwalt. "Zu viele Regeln, zu wenig Klarheit."

Pierre kämpfte um die Ehe, um Europa, um die Idee der Einheit. Aber Marie war schon weg, emotional, mental, bürokratisch.

"Wir sind geschieden", sagte sie. "Wie Europa."

Pierre blieb allein in Kehl, pendelte jeden Tag über die Brücke. Aber die Brücke war nicht mehr dieselbe. Sie war nicht mehr Symbol der Einheit, sondern der Trennung.

An einem Maiabend ging Pierre auf die Europabrücke. Es war Europatag, aber niemand feierte.

Der Rhein floss unter ihm durch, teilte Deutschland und Frankreich, Europa und... was?

Marie kam auch auf die Brücke. Sie wollte ihm die Scheidungspapiere bringen, die letzten Dokumente ihrer zerbrochenen Ehe.

„Hier" sagte sie. "Alles unterschrieben."

Pierre nahm die Papiere. Zwanzig Jahre Ehe in drei Seiten Text. Auf Deutsch, nicht auf Französisch.

"Warum auf Deutsch?", fragte er.

"Weil ich Deutsche bin."

"Du warst Französin."

"War ich nie. War ich nie wirklich."

Sie standen in der Mitte der Brücke, zwischen den Ländern, zwischen den Leben. Der Rhein rauschte unter ihnen, Europa schlief um sie herum.

"Weißt du noch?", fragte Pierre. "Hier haben wir uns kennengelernt. An der Europafeier 2004."

"Das ist zwanzig Jahre her."

"Für mich ist es gestern."

Marie sah auf das Wasser. "Ich hab einen neuen Freund", sagte sie. "Einen Deutschen. Einen richtigen."

"Was bin ich?"

"Ein Träumer."

Pierre zerriss die Scheidungspapiere, warf die Fetzen in den Rhein. "Europa ist kein Traum", sagte er. "Europa ist die Realität."

"Nein. Die Realität sind Grenzen."

"Dann zeig ich dir eine Grenze."

Pierre packte Marie, hob sie hoch, warf sie über das Brückengeländer. Sie schrie, fiel, verschwand im dunklen Wasser des Rheins.

Pierre sah ihr nach, bis sie nicht mehr zu sehen war. Dann ging er nach Hause, als wäre nichts geschehen.

Die Polizei fand Maries Leiche drei Tage später, bei Speyer. Der Rhein hatte sie mitgenommen, durch Deutschland getragen, an deutsches Ufer gespült.

"Ein Selbstmord?", fragte der Kommissar.

„Vielleicht" sagte Pierre. "Sie war sehr depressiv. Wegen der Scheidung."

Aber die Obduktion zeigte Kampfspuren, Verletzungen, die nicht zu einem Sprung passten. Pierre gestand schließlich.

"Warum haben Sie Ihre Frau getötet?", fragte der Kommissar.

"Sie hat Europa verraten", sagte Pierre. "Sie musste bestraft werden."

Vor Gericht erklärte er seine Tat. Marie habe die europäische Idee verraten, Grenzen wieder aufgebaut, die Zukunft zerstört. "Ich hab Europa verteidigt", sagte er.

"Sie haben Ihre Frau ermordet", sagte die Staatsanwältin.

"Ich hab eine Verräterin bestraft."

Das Gericht verurteilte ihn zu achtzehn Jahren Haft. Pierre nahm das Urteil wie eine europäische Richtlinie entgegen. "Kann ich weiter übersetzen?", fragte er.

"Nein", sagte die Richterin. "Ihre Arbeit ist beendet."

Im Gefängnis übersetzt Pierre Briefe für ausländische Häftlinge. Kleine Texte, private Nachrichten, ohne politische Bedeutung. Es ist nicht dasselbe wie Europa zu übersetzen.

Die Europabrücke steht noch. Täglich fahren tausende Menschen über sie, pendeln zwischen Deutschland und Frankreich. Die meisten denken nicht an Europa. Sie denken an Arbeit, an Geld, an ihr Leben.

Pierre denkt an Marie. An ihren Sturz, ihr Verschwinden, ihren Tod. Sie ist jetzt europäisch, endgültig. Der Rhein gehört allen und niemandem.

Manche Brücken, denkt Pierre, führen nur in eine Richtung. Über sie kann man gehen. Aber nicht zurück.

Die Grenze bleibt. Auch wenn man sie nicht sieht.

26. Die Quadrate

Sabine Hoffmeister arbeitete als Stadtplanerin in Mannheim. Sie kannte das Quadratesystem der Stadt wie niemand sonst, jeden Winkel, jede Straße, jede Hausnummer. "A1 bis U6", sagte sie oft. "Das ist Ordnung. Das ist Perfektion."

Ihr Mann Klaus war Ingenieur bei BASF, dem Chemiekonzern, der Mannheim prägte. Er arbeitete in der Forschung, entwickelte neue Kunststoffe, neue Moleküle, neue Zukunft. "Chemie ist überall", sagte er. "In dir, in mir, in allem."

Zwanzig Jahre lang lebten sie in Q7, einem Haus im Herzen der Quadrate. Sabine plante die Stadt, Klaus die Zukunft. Alles war geordnet, berechenbar, sicher.

Bis Klaus sich in eine Kollegin verliebte. Eine junge Chemikerin aus München, die neue Ideen hatte, neue Träume. "Sie ist brillant", sagte Klaus. "Sie versteht meine Arbeit."

"Ich verstehe deine Arbeit auch", sagte Sabine.

"Du verstehst Stadtplanung. Das ist etwas anderes."

Sabine saß in ihrem Büro im Rathaus und starrte auf die Stadtpläne. Mannheim war wie ein Schachbrett angelegt, rational, durchdacht. Jedes Quadrat hatte seinen Platz, seinen Zweck, seine Funktion.

"Ich will die Scheidung", sagte Klaus an einem Märzmorgen. "Petra und ich ziehen nach München."

"Warum München?"

"Dort ist die Zukunft. Hier ist nur Vergangenheit."

Sabine sah aus dem Fenster auf die Quadrate. A1, A2, A3 - die Stadt ihrer Arbeit, ihres Lebens. "Mannheim ist meine Stadt", sagte sie. "Hier bleibe ich."

"Dann bleib. Allein."

Die Scheidung war wie eine Neuvermessung. Das gemeinsame Leben wurde aufgeteilt, neu geordnet, rational verteilt. Klaus bekam die Hälfte des Hauses, des Geldes, der Zukunft.

"Du kannst das Haus verkaufen", sagte sein Anwalt. "In München ist das Leben billiger."

Aber Sabine wollte nicht nach München. Sie gehörte nach Mannheim, in die Quadrate, in die Ordnung. "Das Haus bleibt", sagte sie.

Klaus zog zu Petra nach München. Sabine blieb allein in Q7, zwischen den geordneten Straßen und den ungeordneten Gefühlen.

An einem Juliabend kam Klaus noch einmal nach Mannheim. Er wollte seine Chemikalienbücher holen, seine Forschungsunterlagen, seine wissenschaftliche Vergangenheit.

"Erinnerst du dich?", fragte Sabine. "Als wir das Haus gekauft haben? Du hast gesagt, Q7 ist die perfekte Adresse."

"Das war damals", sagte Klaus. "Menschen ändern sich."

"Adressen nicht."

Klaus packte seine Bücher, seine Notizen, seine Formeln. Zwanzig Jahre Forschung in drei Kartons. "Die nehme ich mit", sagte er.

"Und was bleibt mir?"

"Die Erinnerungen."

Sabine half ihm beim Packen. Zwischen den Büchern fand sie kleine Fläschchen mit Chemikalien. Reste aus seinem Heimlabor, Experimente, die er zu Hause gemacht hatte.

"Was ist das?", fragte sie.

"Schwefelsäure. Für die Metallreinigung."

"Gefährlich?"

"Sehr gefährlich. Ätzt alles weg."

Klaus erzählte von seinen Experimenten, seinen Entdeckungen, seiner Leidenschaft für die Chemie. "Weißt du, was das Schöne an der Chemie ist?", fragte er.

"Nein."

"Alles folgt Regeln. Wenn A plus B gleich C, dann ist es immer so. Keine Überraschungen."

"Wie die Quadrate."

"Genau. Wie die Quadrate."

Sabine sah die Fläschchen an. Kleine Glascontainer mit großer Wirkung. "Und wenn man die Regeln kennt, kann man alles vorhersagen?"

"Alles."

"Auch den Tod?"

Klaus lachte. "Auch den Tod."

Sie tranken ein Bier zusammen, das letzte. Klaus erzählte von München, von Petra, von der Zukunft ohne Sabine. Sie hörte zu, nickte, plante.

"Ich muss aufs Klo", sagte Klaus.

Sabine blieb allein in der Küche, mit den Bierflaschen und den Chemikalien. Sie kannte die Regeln der Stadt, jede Straße, jeden Winkel. Aber Klaus kannte die Regeln der Chemie.

Sie öffnete sein Bier, füllte ein wenig Schwefelsäure hinein. Nicht viel, nur ein paar Tropfen. Dann schwenkte sie die Flasche, mischte die Flüssigkeiten.

Klaus kam zurück, trank das Bier aus. "Schmeckt komisch", sagte er.

"Neues Bier. Aus München."

"Ah."

Klaus trank weiter, sprach über seine Pläne, seine Hoffnungen. Aber seine Stimme wurde schwächer, seine Augen trüber. Die Säure arbeitete von innen, zerstörte seine Organe, löste ihn auf.

"Mir ist schlecht", sagte er.

"Vielleicht das Bier."

"Vielleicht."

Klaus starb zwanzig Minuten später, auf dem Küchenboden von Q7. Die Schwefelsäure hatte seine Speiseröhre verätzt, seinen Magen aufgelöst. Er starb, wie er gelebt hatte: nach den Regeln der Chemie.

Sabine rief den Notarzt. "Mein Mann ist zusammengebrochen", sagte sie. "Herzinfarkt, glaube ich."

Aber die Obduktion zeigte die Wahrheit. Schwefelsäure im Magen, Verätzungen in den Organen. Sabine gestand nach drei Tagen.

"Warum haben Sie Ihren Mann vergiftet?", fragte der Kommissar.

"Ich hab ihm nur gezeigt, wie Chemie funktioniert", sagte Sabine.

"Sie haben ihn ermordet."

"Ich hab ein Experiment gemacht."

Vor Gericht erklärte Sabine ihre Tat. Klaus habe sie verlassen wollen, ihre Stadt verraten, ihre Ordnung zerstört. "Mannheim ist ein System", sagte sie. "Wer das System verlässt, verlässt das Leben."

"Sie haben Ihren Mann vergiftet", sagte die Staatsanwältin.

"Ich hab die Ordnung wiederhergestellt."

Das Gericht verurteilte sie zu siebzehn Jahren Haft wegen Mordes. Sabine nahm das Urteil wie eine Baugenehmigung entgegen. "Kann ich weiter planen?", fragte sie.

"Nein", sagte die Richterin. "Ihre Planungszeit ist vorbei."

Im Gefängnis arbeitet Sabine in der Verwaltung. Sie führt Listen, ordnet Akten, plant kleine Abläufe. Aber es ist nicht dasselbe wie eine ganze Stadt zu planen.

Das Haus in Q7 wurde verkauft. Neue Menschen leben dort, neue Träume, neue Ordnung. Sabine kann es nicht sehen, aber sie weiß: Die Quadrate bleiben.

Mannheim funktioniert weiter, nach seinen Regeln, in seiner Ordnung. A1 bis U6, alles an seinem Platz.

Nur Klaus ist nicht mehr da. Er ist aufgelöst, verschwunden, vergessen. Wie alle, die das System verlassen.

Die Chemie, denkt Sabine, vergisst nichts. Sie erinnert sich an jede Reaktion, jeden Tod, jede Formel.

A plus B ergibt C. Immer. Für immer.

27. Die Universität

Prof. Dr. Martina Köhler lehrte Rechtswissenschaften an der Albert-Ludwigs-Universität Freiburg. Seit fünfzehn Jahren bildete sie Juristen aus, lehrte Gesetze, Paragrafen, Gerechtigkeit. Ihr Spezialgebiet war das Strafrecht. Sie kannte jeden Tatbestand, jeden Strafrahmen, jede Ausnahme.

Ihr Mann Georg war Buchhändler in der Freiburger Altstadt. Er führte eine kleine Buchhandlung in der Nähe des Münsterplatzes, verkaufte Belletristik, Reiseführer, Träume. "Bücher öffnen Welten", sagte er. "Gesetze schließen sie."

Zwölf Jahre lang lebten sie in verschiedenen Welten. Martina im Recht, Georg in der Literatur. Sie diskutierten über Gerechtigkeit und Wahrheit, über Schuld und Sühne, über Leben und Tod.

"Du siehst alles durch die Brille des Gesetzes", sagte Georg oft. "Aber das Leben ist mehr als Paragraphen."

"Das Gesetz ist das Leben", sagte Martina. "Ohne Gesetz ist Chaos."

Bis Georg das Chaos wählte. Er verliebte sich in eine Kundin, eine Schriftstellerin aus Berlin, die Romane über Liebe und Leidenschaft schrieb. "Sie versteht die menschliche Seele", sagte Georg.

"Die menschliche Seele ist irrelevant", sagte Martina. "Relevant sind Taten."

Georg wollte die Scheidung, wollte mit der Schriftstellerin nach Berlin ziehen. "Dort ist das kulturelle Leben", sagte er. "Hier ist nur Provinz."

Martina saß in ihrem Büro an der Universität und las Urteile. Hunderte von Fällen, hunderte von Geschichten. Alle endeten mit einem Urteil, alle wurden nach dem Gesetz entschieden.

"Du kannst die Buchhandlung übernehmen", sagte Georg. "Als Ausgleich für die Scheidung."

"Ich verkaufe keine Bücher. Ich lehre Recht."

"Dann verkauf sie eben."

Aber Martina wollte nicht verkaufen. Die Buchhandlung war Teil ihres Lebens, ihrer Geschichte mit Georg. "Wenn du gehst, gehst du ohne alles", sagte sie.

Georg kämpfte um die Buchhandlung, um sein Lebenswerk. Aber Martina kannte das Recht, kannte jeden Trick, jeden Paragrafen. "Die Buchhandlung läuft auf meinen Namen", sagte sie. "Steuerlich gesehen gehört sie mir."

Das stimmte. Aus steuerlichen Gründen hatten sie die Buchhandlung auf Martina angemeldet. Georg war nur Geschäftsführer, nicht Eigentümer.

"Das ist ungerecht", sagte Georg.

"Nein", sagte Martina. "Das ist rechtens."

Georg wurde verzweifelt. Ohne die Buchhandlung hatte er nichts, war er nichts. Die Schriftstellerin aus Berlin verlor das Interesse an einem mittellosen Buchhändler.

"Du hast mein Leben zerstört", sagte er zu Martina.

"Ich hab das Gesetz angewendet."

"Du hast das Gesetz missbraucht."

"Das Gesetz kann man nicht missbrauchen. Man kann es nur befolgen oder brechen."

Georg blieb in Freiburg, arbeitete als Angestellter in seiner eigenen Buchhandlung. Martina war seine Chefin, seine Ex-Frau, seine Richterin.

An einem Oktoberabend nach Ladenschluss trafen sie sich in der Buchhandlung. Georg wollte über die Zukunft reden, über Kompromisse, über Gnade.

"Gib mir die Buchhandlung zurück", bat er. "Bitte."

"Warum sollte ich?"

"Weil es gerecht wäre."

Martina lachte. "Gerechtigkeit ist ein Rechtsbegriff. Und rechtlich gehört die Buchhandlung mir."

Sie gingen durch die Regale, zwischen den Büchern, die Georg geliebt hatte. Romane, Gedichte, Geschichten von Menschen, die lebten und liebten und litten.

"Weißt du, was mein Lieblingsbuch ist?", fragte Georg.

"Nein."

"Der Prozess von Kafka. Ein Mann wird verurteilt, ohne zu wissen warum."

"Kafka war kein Jurist", sagte Martina. "Er verstand das Recht nicht."

"Er verstand das Leben."

Georg zeigte ihr das Buch, eine alte Ausgabe, ledergebunden, wertvoll. "Das war mein erstes Buch.

Als Kind. Es hat mich gelehrt, dass das Recht nicht immer gerecht ist."

"Das Recht ist objektiv. Gefühle sind subjektiv."

"Und was bin ich? Objektiv oder subjektiv?"

Martina sah ihren Ex-Mann an. Den Mann, den sie geheiratet hatte, der sie verlassen wollte, den sie jetzt besaß wie eine Sache. "Du bist ein Rechtsobjekt", sagte sie.

Georg wurde still. Er begriff, dass er keine Chance hatte, dass Martina ihn vernichtet hatte mit Paragrafen statt mit Gewalt.

"Du weißt, was in Kafkas Prozess am Ende passiert?", fragte er.

"Nein."

"Der Mann stirbt. Wie ein Hund."

"Das ist Literatur. Hier ist Realität."

Georg nahm das schwere Buch in die Hand. "Manchmal", sagte er, "ist Literatur realer als die Realität."

Er holte aus, wollte Martina mit dem Buch schlagen. Aber Martina war schneller. Sie hatte jahrelang Strafrecht gelehrt, kannte Notwehr, kannte die Grenzen der Gewalt.

Sie griff nach dem Brieföffner auf der Kasse, einem scharfen Messer für Buchsendungen. Ein Stich reichte, präzise zwischen die Rippen, direkt ins Herz.

Georg fiel zwischen die Bücher, sein Blut mischte sich mit den Geschichten der Autoren. Das Kafka-Buch lag neben ihm, aufgeschlagen bei der letzten Seite.

Martina rief die Polizei. "Notwehr", sagte sie. "Er hat mich angegriffen."

Das stimmte. Georg hatte das Buch gehoben, hatte Gewalt angewendet. Martina hatte sich nur verteidigt, im Rahmen des Gesetzes.

"Warum wollte er Sie angreifen?", fragte der Kommissar.

"Ich weiß es nicht", sagte Martina. "Vielleicht war er krank."

Die Untersuchung bestätigte Notwehr. Georg hatte zuerst zugeschlagen, Martina hatte reagiert. "Legitime Selbstverteidigung", schrieb der Staatsanwalt.

Aber Georgs Schwester glaubte nicht an Notwehr. Sie engagierte einen Privatdetektiv, fand die Wahrheit über die Buchhandlung, über die Erpressung, über Martinas Rache.

"Sie hat ihn in die Enge getrieben", sagte die Schwester vor Gericht. "Sie wollte, dass er ausrastet."

"Ich hab das Gesetz befolgt", sagte Martina.

"Sie haben das Gesetz benutzt wie eine Waffe."

Das Gericht sah das anders. Martina hatte legal gehandelt, auch wenn ihre Motive fragwürdig waren. "Notwehr bleibt Notwehr", sagte der Richter.

Freispruch. Martina verließ das Gericht als freie Frau. Sie behielt die Buchhandlung, verkaufte sie an eine Kette, kaufte sich eine größere Wohnung.

"Haben Sie keine Gewissensbisse?", fragte ein Journalist.

"Das Gewissen ist kein Rechtsbegriff", sagte Martina.

Die Buchhandlung am Münsterplatz existiert noch. Andere Bücher, andere Träume, andere Geschichten. Georgs Name ist vergessen, seine Leidenschaft verschwunden.

Martina lehrt weiter an der Universität. Strafrecht, Notwehr, Selbstverteidigung. Manchmal erzählt sie von einem Fall, in dem das Gesetz gesiegt hat.

Ihre Studenten hören zu, machen Notizen, lernen die Paragrafen. Aber sie verstehen nicht, was Gerechtigkeit wirklich bedeutet.

Das Gesetz, denkt Martina, ist stärker als die Liebe. Es überlebt alles. Menschen, Gefühle, Wahrheit.

Nur die Bücher erinnern sich. An die Geschichten, die nie erzählt wurden. An die Gerechtigkeit, die nie kam.

An den Mann, der starb wie ein Hund. Zwischen den Büchern, die er liebte.

28. Das Gericht

Richterin Dr. Susanne Weber präsidierte am Landgericht Karlsruhe. Fünfzehn Jahre lang sprach sie Recht, fällte Urteile, entschied über Schuld und Unschuld. Ihr Gerichtssaal war ihr Königreich, ihr Hammer ihr Zepter.

Ihr Mann Michael war Rechtsanwalt, verteidigte die Menschen, die Susanne verurteilte. "Wir sind wie David und Goliath", sagte er oft. "Du das Gesetz, ich die Gerechtigkeit."

"Das Gesetz ist die Gerechtigkeit", sagte Susanne.

"Nein. Das Gesetz ist nur der Versuch der Gerechtigkeit."

Zwanzig Jahre lang kämpften sie täglich gegeneinander. Im Gerichtssaal war Susanne die Richterin, Michael der Anwalt. Zu Hause waren sie Eheleute, aber der Kampf ging weiter.

Bis Michael genug hatte vom ewigen Kampf. "Ich will raus aus Karlsruhe", sagte er. "Weg vom Gericht, weg vom Recht."

"Das Recht ist überall", sagte Susanne.

"Aber nicht du."

Michael hatte ein Angebot aus Hamburg bekommen. Eine große Kanzlei, neue Mandate, ein neues Leben. "Ich will wieder Anwalt sein", sagte er. "Nicht dein Gegner."

Susanne saß in ihrem Richterzimmer und las Akten. Hunderte von Fällen, hunderte von

Entscheidungen. Alle warteten auf ihr Urteil, auf ihre Gerechtigkeit.

"Und was ist mit uns?", fragte sie.

"Es gibt kein Uns. Es gibt nur Dich und das Gesetz."

Michael reichte die Scheidung ein. Ironischerweise wurde der Fall Susannes Kammer zugeteilt. Sie sollte über ihre eigene Ehe richten.

"Befangenheit", sagte Michael. "Du musst dich für befangen erklären."

"Warum? Ich bin objektiv."

"Du bist meine Frau."

"Ich bin Richterin. Das ist wichtiger."

Susanne weigerte sich, den Fall abzugeben. Sie wollte über ihre eigene Ehe urteilen, das Urteil über ihr Leben sprechen.

"Das ist unethisch", sagte Michael.

"Das ist konsequent."

Die Scheidungsverhandlung fand in Susannes Gerichtssaal statt. Sie saß auf dem Richterstuhl, Michael am Anwaltstisch. Zwanzig Jahre Ehe zwischen Hammer und Gesetz.

"Die Ehe ist zerrüttet", sagte Michael. "Unrettbar zerrüttet."

"Das sehe ich anders", sagte Susanne. "Die Ehe ist funktional."

"Funktional ist nicht dasselbe wie intakt."

Susanne vertagte die Verhandlung, wieder und wieder. Sie fand immer neue Gründe, neue Fragen, neue Zweifel. Die Scheidung zog sich hin wie ein komplizierter Prozess.

"Du sabotierst das Verfahren", sagte Michael.

"Ich führe es ordnungsgemäß durch."

Michael wurde verzweifelt. Das Angebot aus Hamburg lief aus, andere Kanzleien zogen ihre Offerte zurück. Er saß in Karlsruhe fest, gefangen in Susannes Gericht.

"Du zerstörst meine Zukunft", sagte er.

"Ich wende das Recht an."

An einem Dezemberabend nach der letzten Verhandlung blieben sie allein im Gerichtssaal. Susanne auf dem Richterstuhl, Michael am Anwaltstisch. Wie immer.

"Weißt du noch?", fragte Susanne. "Unser erster gemeinsamer Fall? Du warst Pflichtverteidiger, ich Beisitzerin."

"Das ist zwanzig Jahre her."

"Für mich ist es heute."

Michael packte seine Akten zusammen. Zwanzig Jahre Ehe in drei Ordnern. "Ich gehe nach Hamburg", sagte er. "Mit oder ohne Scheidung."

"Ohne Scheidung gehst du nirgendwo hin."

"Doch. Du kannst mich nicht zwingen zu bleiben."

"Kann ich nicht?"

Susanne griff nach ihrem Richterhammer. Schweres Holz, Symbol der Macht, Werkzeug der Gerechtigkeit. "Weißt du, was das ist?", fragte sie.

"Ein Hammer."

"Nein. Das ist die Gerechtigkeit."

Michael sah den Hammer, sah ihre Augen, sah sein Ende. "Susanne, du bist krank."

"Ich bin konsequent."

Susanne erhob sich vom Richterstuhl, ging zu Michael hinüber. "Im Namen des Volkes", sagte sie, "verurteile ich dich."

"Zu was?"

"Zum Tode."

Der Hammer traf Michael am Kopf, einmal, zweimal, dreimal. Er fiel zwischen die Akten, sein Blut mischte sich mit den Urteilen, die sie gemeinsam erstritten hatten.

Susanne setzte sich wieder auf den Richterstuhl und sah auf ihren toten Mann. "Das Urteil ist rechtskräftig", sagte sie.

Die Polizei fand sie am nächsten Morgen. Susanne saß noch immer auf dem Richterstuhl, den Hammer in der Hand. "Ich hab Recht gesprochen", sagte sie.

"Sie haben Ihren Mann getötet", sagte der Kommissar.

"Ich hab ein Urteil vollstreckt."

Die Untersuchung war kompliziert. Eine Richterin, die ihren Mann im eigenen Gerichtssaal tötet? Das Justizministerium war entsetzt, die Medien begeistert.

Susanne wurde verhaftet, vor ein anderes Gericht gestellt. Zum ersten Mal saß sie auf der Anklagebank, nicht auf dem Richterstuhl.

"Warum haben Sie Ihren Mann getötet?", fragte die Staatsanwältin.

"Er hat das Recht missachtet", sagte Susanne. "Das ist ein todeswürdiges Verbrechen."

"Sie haben ein todeswürdiges Verbrechen begangen."

"Nein. Ich hab Gerechtigkeit geübt."

Das Gericht sah das anders. Mord, heimtückisch, aus niedrigen Beweggründen. Lebenslange Haft. Susanne nahm das Urteil wie alle Urteile entgegen: respektvoll, aber ungerührt.

"Akzeptieren Sie das Urteil?", fragte der Richter.

"Ich respektiere jedes rechtskräftige Urteil", sagte Susanne.

Im Gefängnis arbeitet Susanne in der Bibliothek. Sie katalogisiert Gesetzbücher, sortiert Urteile, ordnet das Recht. Aber sie darf nicht mehr richten.

Der Gerichtssaal in Karlsruhe ist renoviert. Das Blut ist weggewischt, die Erinnerung verdrängt. Andere Richter sprechen jetzt Recht, andere Hämmer fallen.

Susanne denkt an Michael, an ihre gemeinsamen Kämpfe, an ihre einsamen Siege. Sie hat gewonnen, aber alles verloren.

Das Recht, denkt sie, ist stärker als die Liebe. Es überlebt alles. Menschen, Gefühle, Leben.

Nur die Gerechtigkeit ist schwächer geworden. Sie stirbt, Urteil für Urteil.

Bis nichts mehr bleibt als das Gesetz. Kalt, stumm, tot.

Wie Michael. Wie die Liebe. Wie die Wahrheit.

29. Die Zeitung

Carla Zimmermann war Chefredakteurin der "Offenburger Nachrichten", der größten Regionalzeitung zwischen Schwarzwald und Rhein. Seit zwanzig Jahren prägte sie die öffentliche Meinung, deckte Skandale auf, schrieb Geschichte.

Ihr Mann Robert war ihr Stellvertreter, arbeitete in derselben Redaktion, teilte ihr Büro, ihre Termine, ihr Leben. "Wir sind ein perfektes Team", sagte er oft. "Wie Laurel und Hardy."

"Wer ist Laurel?", fragte Carla.

"Du natürlich. Du führst, ich folge."

Zwanzig Jahre lang machten sie gemeinsam Zeitung. Carla die Chefin, Robert der loyale Stellvertreter. Sie teilten Schlagzeilen, Erfolge, Niederlagen.

Bis die Zeitung in die Krise geriet. Digitalisierung, sinkende Auflagen, wegbrechende Anzeigen. "Wir müssen sparen", sagte der Verleger. "Die Hälfte der Redaktion muss gehen."

Carla sollte entscheiden, wer bleiben durfte und wer gehen musste. Eine Entscheidung über Leben und Tod, journalistisch gesehen.

"Wen behältst du?", fragte Robert.

"Die Besten."

"Und wer sind die Besten?"

Carla sah die Liste der Redakteure, ihre Mitarbeiter, ihre Familie. Alle hatten Jahre ihres Lebens der Zeitung gegeben, alle verdienten eine Chance.

"Das werden wir sehen", sagte sie.

Robert hatte einen anderen Plan. Er wollte eine eigene Zeitung gründen, online, modern, unabhängig. "Die Zukunft ist digital", sagte er. "Papier ist tot."

"Papier ist nicht tot. Papier ist ehrlich."

"Papier ist langsam. Die Nachrichten sind schneller."

Robert kündigte, nahm drei der besten Redakteure mit. "Tut mir leid", sagte er. "Aber ich muss an meine Zukunft denken."

"Und an unsere Ehe?"

"Die Ehe ist beruflich. Wenn der Beruf stirbt, stirbt die Ehe."

Carla blieb allein in der Redaktion zurück. Die Zeitung überlebte, aber nur knapp. Jeden Tag kämpfte sie um Leser, um Anzeigen, um Relevanz.

Roberts Online-Zeitung war erfolgreich. Modern, schnell, viral. Die jungen Leser liebten sie, die Werbetreibenden auch. "Wir sind die Zukunft", schrieb Robert in seinem ersten Editorial.

Die Scheidung war öffentlich. Zwei Journalisten, die sich trennen - das war eine Geschichte. Andere Zeitungen berichteten darüber, machten Schlagzeilen aus ihrem Leben.

"Medienkrieg in Offenburg", titelte die "Badische Zeitung". "Rosenkrieg in der Redaktion."

Carla hasste die Aufmerksamkeit. Sie war gewohnt, über andere zu schreiben, nicht Gegenstand der Berichterstattung zu sein.

"Wir sollten professionell bleiben", sagte Robert. "Nicht persönlich werden."

Aber Carla wurde persönlich. Sie recherchierte über Roberts Online-Zeitung, fand Ungereimtheiten in der Finanzierung, Fehler in der Berichterstattung.

"Fake News in Offenburg", titelte sie. "Wie eine Online-Zeitung die Wahrheit opfert."

Der Artikel war vernichtend. Robert verlor Investoren, Mitarbeiter, Glaubwürdigkeit. Die Online-Zeitung ging bankrott, die Zukunft war Vergangenheit.

"Du hast mich zerstört", sagte Robert.

"Ich hab die Wahrheit geschrieben."

"Du hast gelogen."

"Journalisten lügen nicht. Sie recherchieren."

Robert war ruiniert, beruflich und privat. Keine Zeitung wollte ihn noch einstellen, kein Investor ihm trauen. Er lebte von Arbeitslosengeld, träumte von besseren Zeiten.

An einem Septemberabend kam er in die Redaktion der "Offenburger Nachrichten". Carla arbeitete spät, wie immer. Die Zeitung für den nächsten Tag musste fertig werden.

"Ich brauch Arbeit", sagte Robert. "Egal was."

"Wir stellen nicht ein", sagte Carla.

"Bitte. Ich bin pleite."

"Das tut mir leid."

Robert sah die Redaktion, sein altes Leben, seine verschwundene Zukunft. "Du hast das mit Absicht gemacht", sagte er. "Mich vernichtet."

"Ich hab meinen Job gemacht."

"Dein Job war, meine Frau zu sein."

"Nein. Mein Job war, die Wahrheit zu schreiben."

Robert griff nach dem Brieföffner auf Carlos Schreibtisch. Eine scharfe Klinge für die tägliche Post. "Und was ist die Wahrheit über uns?"

Carla sah die Klinge, sah seine Verzweiflung, sah ihre Chance. "Die Wahrheit ist, dass du ein schlechter Verlierer bist."

Robert stieß zu, aber Carla war schneller. Sie hatte jahrelang über Verbrechen berichtet, kannte Gewalt, kannte Selbstverteidigung. Sie entriss ihm die Klinge, drehte sie um, stach zu.

Ein Schnitt reichte. Robert fiel zwischen die Zeitungen, sein Blut färbte die Schlagzeilen rot. Die Nachrichten des Tages wurden zu seinem Nachruf.

Carla rief die Polizei. "Notwehr", sagte sie. "Er hat mich angegriffen."

Das stimmte. Robert hatte zuerst zugestochen, Carla hatte sich nur verteidigt. Die Untersuchung bestätigte ihre Version.

"Warum wollte er Sie angreifen?", fragte der Kommissar.

"Rache", sagte Carla. "Ich hatte seine Lügen aufgedeckt."

Der Fall machte Schlagzeilen. "Journalist tötet Ex-Mann in Notwehr". Carla war wieder in den Nachrichten, aber diesmal als Heldin.

Die "Offenburger Nachrichten" überlebten den Skandal. Die Auflage stieg sogar - die Leser liebten Drama. Carla schrieb über den Fall, über Journalismus, über die Pflicht zur Wahrheit.

"Manchmal", schrieb sie, "muss man für die Wahrheit kämpfen. Mit allen Mitteln."

Der Artikel gewann einen Journalistenpreis. "Für couragierte Berichterstattung", hieß es in der Begründung.

Carla hängte die Urkunde in ihr Büro, neben das Foto von Robert. Sie vergaß ihn nicht, aber sie trauerte nicht um ihn.

Die Zeitung ist wichtiger als die Menschen, die sie machen. Sie überlebt alle, erzählt alle Geschichten, schreibt alle Nachrufe.

Auch ihren eigenen. Irgendwann.

Die Wahrheit, denkt Carla, ist stärker als die Liebe. Sie überlebt alles. Menschen, Gefühle, Leben.

Nur die Lügen sterben. Früher oder später.

Wie Robert. Wie die Online-Zeitung. Wie die Zukunft, die nie kam.

30. Das Casino

Elena Petrov arbeitete als Croupière im Casino Baden-Baden. Zwanzig Jahre lang hatte sie am Roulettetisch gestanden, die Kugel geworfen, Gewinner und Verlierer gesehen. "Das Leben ist ein Spiel", sagte sie oft. "Man kann nur gewinnen oder verlieren."

Ihr Mann Viktor war Spieler. Nicht beruflich, sondern aus Leidenschaft. Er setzte auf Rot und Schwarz, auf Gerade und Ungerade, auf Glück und Unglück. "Ich spiele, also bin ich", sagte er.

"Du spielst, also verlierst du", sagte Elena.

Zwanzig Jahre lang sah Elena zu, wie Viktor ihr gemeinsames Geld verspielte. Das Haus, die Ersparnisse, die Zukunft. Alles landete auf dem grünen Tuch, alles verschwand im Spiel.

"Hör auf", bat Elena. "Wir haben nichts mehr."

"Heute wende ich das Blatt", sagte Viktor. "Heute gewinne ich alles zurück."

Aber Viktor gewann nie alles zurück. Er verlor immer mehr, immer schneller, immer verzweifelter. Das Casino war sein Leben, sein Fluch, sein Tod.

Elena kannte die Regeln des Casinos, alle Tricks, alle Geheimnisse. Sie wusste, dass das Haus immer gewinnt, dass Spieler immer verlieren, dass Glück nur eine Illusion ist.

"Geh nicht mehr ins Casino", bat sie Viktor.

"Ich arbeite dort. Wie soll ich nicht hingehen?"

"Dann wechsle den Job."

"Das Casino ist mein Leben."

"Nein. Ich bin dein Leben."

Viktor sah das anders. Elena war nur seine Frau, das Casino war seine Welt. Dort war er König, dort lebte er, dort würde er sterben.

"Ich will die Scheidung", sagte Elena an einem Märzabend. "Es reicht."

"Warte noch ein bisschen", sagte Viktor. "Heute gewinne ich groß."

"Du gewinnst nie groß. Du verlierst immer."

"Heute ist anders."

Aber heute war nicht anders. Viktor verlor wieder, verlor das letzte Geld, verlor die letzte Hoffnung. Elena fand ihn um Mitternacht am Roulettetisch, betrunken und gebrochen.

"Ich hab alles verloren", sagte er.

"Nicht alles", sagte Elena. "Mich hast du noch."

"Dich hab ich schon lange verloren."

Elena brachte Viktor nach Hause, legte ihn ins Bett, pflegte ihn wie einen Kranken. Am nächsten Morgen war er wieder weg, wieder im Casino, wieder am Spielen.

Die Scheidung zog sich hin. Viktor hatte keine Anwälte, kein Geld, keine Kraft für juristische Kämpfe. "Nimm alles", sagte er. "Ich brauch nur das Casino."

"Das Casino gehört dir nicht."

"Doch. Gehört es."

Elena behielt das Haus, die wenigen Ersparnisse, die Reste ihres gemeinsamen Lebens. Viktor behielt nur seine Spielsucht.

An einem Septemberabend war Elena allein im Casino. Nachtschicht, wenig Gäste, viel Zeit zum Nachdenken. Um zwei Uhr kam Viktor an ihren Tisch.

"Einmal noch", sagte er. "Ein letztes Spiel."

"Du hast kein Geld."

"Doch. Hab ich."

Viktor legte einen Ring auf Rot. Seinen Ehering, das letzte Wertstück, das er besaß. "Alles oder nichts", sagte er.

Elena sah den Ring, ihr Ring, ihr Leben. "Das ist unser Ehering."

"War es mal."

Elena nahm die Kugel, hielt sie in der Hand. Zwanzig Jahre lang hatte sie diese Kugel geworfen, tausende Male, jeden Abend. Sie kannte jede Bewegung, jeden Schwung, jedes Ergebnis.

"Worauf setzt du?", fragte sie.

"Rot", sagte Viktor. "Wie immer."

Elena wusste, wie sie die Kugel werfen musste, damit sie auf Schwarz landete. Sie war Profi, kannte den Tisch, kontrollierte das Spiel.

"Faites vos jeux", sagte sie. "Nichts geht mehr."

Sie warf die Kugel, elegant, routiniert, tödlich. Die Kugel rollte, hüpfte, suchte ihren Platz. Viktor sah zu, sein ganzes Leben in einer kleinen weißen Kugel.

"Schwarz", sagte Elena. "Sie haben verloren."

Viktor starrte auf den Ring, der jetzt dem Casino gehörte. Sein letzter Besitz, seine letzte Hoffnung, seine letzte Verbindung zu Elena.

"Das war Betrug", sagte er.

"Das war Pech."

"Du hast manipuliert."

"Ich hab gespielt."

Viktor griff über den Tisch, wollte den Ring zurücknehmen. Aber Elena war schneller. Sie hatte einen Revolver unter dem Tisch, Sicherheitsvorschrift im Casino.

"Stehen bleiben", sagte sie.

"Das ist mein Ring."

"War es mal."

Viktor sah die Waffe, sah seine Ex-Frau, sah sein Ende. "Du willst mich töten?"

"Ich will gewinnen."

"Es ist nur ein Spiel."

"Nein. Es ist das Leben."

Elena schoss einmal, präzise, professionell. Viktor fiel neben den Roulettetisch, sein Blut mischte sich mit dem grünen Filz.

"Das Haus gewinnt immer", sagte Elena.

Die Polizei kam sofort. Casino-Sicherheit, Überwachungskameras, Zeugen. Alles war aufgezeichnet, alles war beweisbar.

"Warum haben Sie Ihren Ex-Mann erschossen?", fragte der Kommissar.

"Notwehr", sagte Elena. "Er hat mich angegriffen."

Das stimmte. Viktor hatte über den Tisch gegriffen, hatte Elena bedroht. Die Kameras zeigten alles.

"Sie hätten ihn auch nur verletzen können."

"Im Casino gibt es nur zwei Ergebnisse", sagte Elena. "Gewinnen oder verlieren."

Das Gericht sah Notwehr, aber auch Unverhältnismäßigkeit. Totschlag, acht Jahre Haft. Elena nahm das Urteil wie alle Spielergebnisse entgegen: emotionslos, professionell.

"Bereuen Sie Ihre Tat?", fragte die Richterin.

"Man bereut keine gewonnenen Spiele", sagte Elena.

Im Gefängnis arbeitet Elena in der Küche. Sie kocht für achthundert Häftlinge, täglich, routiniert, ohne Risiko. Es ist nicht dasselbe wie das Casino, aber es ist Arbeit.

Das Casino Baden-Baden existiert weiter. Andere Croupiers werfen die Kugel, andere Spieler verlieren ihr Geld. Viktors Platz am Roulettetisch ist vergessen.

Elena denkt an ihn, manchmal. An die zwanzig Jahre, die sie zusammengespielt haben. An das Leben, das sie beide verloren haben.

Das Casino, denkt sie, vergisst alles. Gewinner, Verlierer, Tote. Es spielt weiter, ewig, gnadenlos.

Die Kugel rollt. Immer. Für immer.

Und das Haus gewinnt. Immer.

Epilog

Dreißig Geschichten. Dreißig Morde. Dreißig zerbrochene Ehen. Dreißig Menschen, die zu weit gegangen sind.

Sie kommen in die Kanzlei, meine Mandanten, und erzählen ihre Geschichten. Immer beginnen sie gleich: "Es war nicht geplant." Oder: "Ich wollte das nicht." Oder: "Es ist einfach passiert."

Aber nichts passiert einfach. Jeder Mord hat eine Vorgeschichte, jede Tat hat Gründe, jedes Ende hat einen Anfang. Die Liebe verwandelt sich in Hass, langsam, unmerklich, tödlich.

Vor Gericht sitzen sie dann da und verstehen nicht, was geschehen ist. Wie aus der großen Liebe der große Hass wurde. Wie aus dem Ehepartner der Feind wurde. Wie aus dem Beschützer der Mörder wurde.

"Warum?", fragen die Richter immer.

Die Antwort ist einfach: Weil sie nicht loslassen konnten. Weil sie dachten, der andere gehöre ihnen. Weil sie Liebe mit Besitz verwechselten.

In diesen dreißig Geschichten haben Männer ihre Frauen getötet, Frauen ihre Männer. Ärzte ihre Patienten, Lehrer ihre Schüler des Lebens. Alle im Namen der Liebe. Alle aus Angst vor dem Verlust. Alle unfähig, das Ende zu akzeptieren.

Die Statistik ist eindeutig: Die meisten Morde geschehen in der Familie. Der gefährlichste Ort ist das eigene Zuhause. Der gefährlichste Mensch ist der, der einen am besten kennt.

Meine Mandanten sind keine Monster. Sie sind Menschen wie wir alle. Menschen, die einen Schritt zu weit gegangen sind. Menschen, die in einem Moment der Verzweiflung alles verloren haben.

Das Gericht verurteilt sie, die Gesellschaft verdammt sie, die Medien vergessen sie. Aber ich vergesse sie nicht. Sie sind Teil meiner Geschichte, meines Lebens, meiner Erinnerung.

Dreißig Geschichten über die dunkle Seite der Liebe. Über Menschen, die töten mussten, um zu leben. Über Ehen, die nur mit dem Tod enden konnten.

Keine Scheidung ohne Leiche. Das ist das Gesetz der Leidenschaft.

Das ist das wahre Gesicht der Liebe.

Das ist das, was wir alle in uns tragen. Die Fähigkeit zu lieben. Und die Fähigkeit zu töten.

Beides liegt näher beieinander, als wir glauben wollen.

Ende

Nachwort des Verteidigers

Diese Geschichten sind wahr. Nicht in den Details, nicht in den Namen und Details der Handlungsschauplätze, aber in ihrer Essenz. Sie erzählen von Menschen, die ich verteidigt habe, von Fällen, die ich erlebt habe, von Wahrheiten, die ich gelernt habe. Dennoch wollte ich sie nicht unter meinem richtigen Namen erzählen, den ich für mich behalte. Dafür bitte ich um Verständnis.

Das Leben schreibt die grausamsten Geschichten. Literatur kann nur versuchen, sie zu verstehen.

Verstehen heißt nicht vergeben. Verstehen heißt nicht entschuldigen. Verstehen heißt nur: erkennen, dass wir alle zu allem fähig sind.

Unter den richtigen Umständen. Im falschen Moment. Mit der falschen Liebe.

Oder der richtigen.

Die Grenze zwischen Liebe und Hass ist dünner, als wir denken. Dünner als ein Messerstich. Dünner als ein Herzschlag.

Dünner als das Leben selbst.

Dr. jur. N.N.
Strafverteidiger
Freiburg im Breisgau